Frank Rossbach

Das Nörgeln der Salatgurken

Frank Rossbach

Das Nörgeln der Salatgurken

Bibliografische Information der Deutschen Nationalbibliothek: Die Deutsche Nationalbibliothek
verzeichnet diese Publikation in der Deutschen
Nationalbibliografie; detaillierte bibliografische
Daten sind im Internet über dnb.dnb.de abrufbar.

Herstellung und Verlag: BoD - Books on Demand,
Norderstedt

ISBN 9783753421674

Dieses Buch widme ich drei Menschen:

Valeska „Flumi" Wnuck und
Susanne Engelbrecht,
meinen beiden Testzuhörerinnen.
(Lustig, Rechtschreibprogramm wollte
aus den „Testzuhörer**innen**"
gerade „Testzuhörer**nonnen**" machen.

Dankeschön!!!

Und

Fabian Sielaff

Krieg dein Buch fertig.
Ich will das endlich lesen!

Inhalt

Vorwort:

Dieses Buch überrascht wohl am meisten - mich! Eigentlich sollte mein drittes Werk ein ernsthaftes Paperback werden. Und jetzt das...

Aber mit dem ernsthaften Schreiben ging es nicht so vorwärts wie ich eigentlich geplant hatte und irgendwann schaute ich, wie viele Kurzgeschichten ich zusammen hatte und siehe da - es reichte schon fast für etwas Neues. Und dann passierten so zwei, drei Kuriositäten in der Welt meiner Beziehung und überhaupt. Und schwupps: Fertig!

Und dann der Titel. Ja, aber ist Ihnen eigentlich mal aufgefallen, dass im *„Schweigen der Lämmer"* nicht ein Schaf oder Lamm vorgekommen ist. In *„Der Gesang der Flusskrebse"*, Delia Owens möge mir verzeihen, kommt nicht ein singender Krebs drin vor. 1934 hat Henry Miller den Klassiker *„Wendekreis des Krebses"* geschrieben. Und 1939 *„Wendekreis des Steinbocks"*. Beides Klassiker, aber in keinem kommen auch nur ein Krebs oder geschweige denn ein Steinbock vor. Als kleiner Junge stand ich vor dem Bücherregal meiner Eltern und überlegte krampfhaft, ob das amerikanische Autos sein könnten - von wegen Wendekreis. Sternzeichen interessierten mich damals noch überhaupt nicht.

Und wenn Sie mir nicht glauben, dass Salatgurken fürchterliche Nörgler sind - dann schauen Sie mal nachts gegen 3:30 Uhr in den Kühlschrank. Dass ich diese Nörgelei nur unter Einfluss einer gehörigen Portion Whiskey vernommen habe, weise ich moralisch empört von mir! Der Kater am nächsten Morgen behauptete etwas anderes...

Und wie ist es jetzt mit Berühmtheit, Reichtum und bezahlten Rechnungen? Tja, das hat bis jetzt leider noch nicht so geklappt. Also werde ich weiter schreiben müssen. Nur mit den schönen Frauen - da war ich erfolgreich! Also - mit einer. Und die hatte ich schon, bevor ich geschrieben habe und wie immer frage ich mich, wie sie es mit mir aushält. Denke, sie muss in ihrem letzten Leben auch ganz schön böse gewesen sein.

Viel Spaß... Frank

Der Theaterbesuch: Die Rezension.

Meine persönliche Hommage an
Egon Erwin Kisch, „den rasenden Reporter"
und Vicco von Bülow, „Loriot".

Ich sollte für ein kleines Kasseler Stadtmagazin ins Theater und anschließend eine Rezension schreiben. Die Redaktion hatte sich in Unkosten gestürzt und mir auch gleich eine Eintrittskarte geschickt. Der Urfaust, aufgeführt an der Kasseler Löwenburg. Beim Turnierplatz. Also auch noch draußen! Ganz klasse...

Meine Begeisterung hielt sich in Grenzen. Wer die Kasseler Theaterlandschaft kennt, weiß, dass die meisten Intendanten auf moderne Umsetzungen schwören. Das ist mir ein Gräuel! Da darf man mich gern konservativ nennen, aber ich würde erst mal verstehen wollen, was der ursprüngliche Schreiberling sich bei seinem Stück gedacht hat, bevor ich die Interpretation eines anderen sehe, der über 150 Jahre jünger ist. Ob meine Lebensgefährtin da die Finger im Spiel hatte? Sie ist sehr kulturbegeistert und ihre Begeisterung macht auch nicht vor dem Theater halt. Ob sie ihrem Theaterbanausen auf die Sprünge helfen wollte? Aber ich glaube, der Redaktion ist mein Beziehungsstatus nur leidlich bekannt.

Ich seufzte, also dann der Urfaust, heute Abend 19:30 Uhr. Ich duschte erst mal ausgiebig, ich ließ mir wirklich Zeit. Dabei entdeckte ich einen echt hartnäckigen Schmutzfleck an einer Duschkabinenkachel. Der irritierte mich so sehr, dass ich meinen Waschvorgang unterbrach und dem Fleck mit Waschlappen und Seife zu Leibe rückte. Ungefähr drei Minuten schrubbte ich - ohne großen sichtbaren Erfolg. Ich angelte mir also einen zweiten Waschlappen aus dem Wäscheschrank, ohne die Dusche wirklich zu verlassen, und sorgte auf diese Weise für eine leichte bis mittelschwere Badezimmerüberschwemmung. Nun setzte ich meinen persönlichen Waschvorgang fort.

Als ich mich dann abgetrocknet und angezogen hatte, setzte sich der Drang nach einem Kaffee durch. Die Überschwemmung im Bad würde auch noch später da sein. Als ich dann so auf dem Balkon stand und an dem Kaffee nippte, überkam mich das Verlangen nach einem üppigen Frühstück. Das überraschte mich: Ich bin eigentlich gar kein Frühstücksmensch. Aber beim Kaffeetrinken dachte ich an den letzten Urlaub in Dänemark und an das fantastische Smørrebrød und bekam Appetit. Da gab es in Kassel eigentlich nur die Markthalle und die beiden

Schwestern aus Skandinavien, die dort ein kleines Café unterhielten. Raus aus dem Bademantel, in die Klamotten und rein in den Wagen.

Die ersten hundert Meter schaffte ich in einem Rutsch. Dann stand ich vor einer roten Ampel im Stau. Das lustige ist, dass nirgendwo ein Zebrastreifen oder eine andere einmündende Straße waren. Die Fahrbahn führte unter der Autobahn entlang und es sollte an der Brücke gebaut werden. Vorsorglich hatte man die Straße auf eine Fahrbahn verengt, aber die Bauarbeiten sollten erst später anfangen. Vermutlich wollte das Bauamt, dass sich der motorisierte

Bürger schon mal an die Behinderung gewöhnte. Ich nahm die baulich verordnete Pause und überlegte, ob ich zu meinem Theaterbesuch Anzug und Krawatte oder eher Jeans und Ostfriesennerz tragen sollte. Noch sah es nicht nach Regen aus.

In der Markthalle bekam ich tatsächlich noch einen Platz bei den dänischen Schwestern und bestellte mir ein Smørrebrød-Frühstück mit Ei und knusprigem Bacon.
Während des Essens scrollte ich durch mein Handy, um mich mit Faust im Allgemeinen und Goethe im Speziellen auf den neuesten Stand zu bringen. Und als ich so vor mich hin aß und versuchte, mich zu

bilden, sah ich aus den Augenwin-
keln einen alten Bekannten. An-
dreas Lottemann, der schuldete
mir noch Geld. Aber er hatte mich
zuerst gesehen und legte den Rück-
wärtsgang ein. Ha, so nicht, mein
Freund!

Ich schob den Tisch zur Seite
und stürzte Lottemann hinterher.
Der hatte schon fast den Seiten-
ausgang erreicht und schob sich
mit einer Tüte Pampelmusen hin-
aus. Ich beschleunigte meinen
Schritt, aber nicht so schnell, dass
man meinen könnte, ich wäre auf
der Flucht. Auf dem Parkplatz verlor ich ihn aber aus den Augen.

Unzufrieden ging ich wieder
an meinen Platz. Da erwartete

mich schon eine Angestellte und fragte, ob ich gehen wollte, ohne zu bezahlen. Ich konnte die Frau beruhigen, da ja immer noch mein Handy und meine Jacke vor Ort waren. Allerdings war mir jetzt der Appetit vergangen. Ich zahlte und ließ noch ein üppiges Trinkgeld zurück. Das würde ich Lottemann auf seinen Schuldenberg anrechnen. Sollte er doch in Wuppertal mit dem Papst eine Herrenboutique aufmachen, dann konnte er mir das Geld bestimmt zurückzahlen.

Der Parkautomat überzeugte mich, dass ich noch Zeit hatte. Also entschied ich mich, nochmal durch die Stadt zu gehen. Sehr zum Leiden des Autofahrers, der gerne in meine Parklücke wollte. Aber ich hatte noch 45 Minuten und wollte sie nicht verschwenden. Mit einem Aufbrüllen seines vermutlich getunten Motors und einer versteinerten Miene in meine Richtung schoss er davon. Ich winkte ihm freundlich hinterher und setzte meinen Weg fort. Die Kleiderfrage war ja immer noch nicht geklärt!

Ziel war die Einkaufspassage in der Nähe des Königsplatzes. Ein Teilaspekt war die Unterhosen-Frage. Sollte ich neue kaufen oder tatsächlich die Waschmaschine benutzen? Also ich wusste schon, wie man so was benutzte. Nur war es ja mit dem Waschen nicht getan, die Wäsche müsste trocknen und dann auch noch in den Lüfter - obwohl ich mir den schenken könnte. Wäsche waschen ist zwar eine wichtige Tätigkeit, aber nicht unbedingt sehr intellektuell. Obwohl ich es auch schon geschafft hatte, dass eine von mir gewaschene Wäsche eine,… sagen wir..., ‚Neugestaltung' erfahren hatte. Mal hatte sich wie von Zauberhand die Farbe verändert oder leicht schlabbrig wirkende Pullover saßen danach hauteng. Und wenn ich neue Kleidung kaufen würde, müsste ich die nicht erst mal durch die Waschmaschine jagen? Fragen über Fragen. Ich konnte mich erinnern, dass das meine Mutter so machte. Machte man das heutzutage immer noch so?

Während ich das Für und Wider neuer Wäsche abwog, hatte ich die Passage erreicht. Ich beschloss, zumindest mal beim Modeladen meines Vertrauens zu schauen. Jedes Mal, wenn ich mit der Rolltreppe ins Untergeschoss fuhr, musste ich schmunzeln. Die Architekten hatten der Einkaufspassage einen ellipsenförmigen Springbrunnen verpasst. Hauptsächlich kleine, helle quadratische Kacheln bedeckten den Boden. Unterbrochen von unregelmäßig verteilten einzelnen schwarzen Kacheln. Das Teil ist so was von hässlich. Aber vielleicht hab ich davon keine Ahnung. Kann ja sein. In meiner Heimatstadt wird ja gern mal was gebaut, was nur der High Society gefällt und diese erklärt dann den unteren 100.000, warum das schön ist.

In der Tat, ich fand Unterhosen. Und Boxershorts. Ich entschied mich für schwarze Unterhosen mit weißen Blitzen als Motiv. Schon gewagt, dachte ich. Sie sind aber im 2er-Pack und von daher günstiger und wenn alles richtig läuft, wird mich darin auch keiner sehen.

Dann entschied ich mich für einen weiteren Kaffee und einen

neuen Versuch, über den Urfaust und Goethe schlau zu werden:

Ah ja, Goethe hatte den Urfaust zur gleichen Zeit wie „Die Leiden des jungen Werthers" geschrieben. Tja, Zeit muss er wohl gehabt haben, dachte ich. Außerdem erfuhr ich, dass der Prozess um die Kindsmörderin Susanna Margaretha Brand ihn zu der Rolle des Gretchens inspirierte. Als er das erste Mal aus dem Stück vorgelesen hatte, muss ihn wohl sein Freund Schiller zur Fertigstellung gedrängt haben. Da nahm ich mir vor, in Zukunft mehr Horrorfilme zu sehen. Oder mehr Nachrichten. Wenn das Leid anderer geniale Schriftsteller der Vergangenheit zu

wahren Höchstleistungen angespornt hatte, konnte das ja nicht
verkehrt sein. In diesen Gedanken
verlor ich mich und vergaß meine
Abmachung mit der Stadt, sprich,
meinen Parkschein.

Als ich gegen Mittag zu meinem Wagen kam, erwartete mich
schon ein kleiner gelber Zettel mit
dem Hinweis, dass ich die Parkzeit
überschritten hätte und dass ich
von den zuständigen Stellen höre
würde. Ärgerlich auf mich selbst
setzte ich mich ans Steuer. Erst das
verpatzte Frühstück, dann die Unterhosen und jetzt das! Die Rezension fing an, teuer zu werden.

Zu Hause erledigte ich schnell ein paar Telefonate. Ich wollte wissen, ob noch jemand aus unserem Freundes- und Bekanntenkreis am Abend zur Löwenburg wollte. Die vier, fünf kulturellen Kontakte waren schnell abgearbeitet: Fehlanzeige. Nach fünf weiteren Anrufen bei nicht ganz so kulturell begeisterten Freunden wurde mir klar: Ich ging allein zur Löwenburg. Das versetzte mich wieder in bessere Laune. Ich konnte bei der Rezension also schreiben, was ich wollte, aus meinem Freundeskreis würde es keine Kritik hageln. Vorsichtshalber suchte ich das Internet nach irgendwelchen Einträgen zur Löwenburg, Urfaust und Aufführung ab.

Auch nichts! Mit einem erleichterten Seufzer verließ ich meinen Laptop und legte mich ins Bett. Wenn ich schon den Abend an der Löwenburg verbringen sollte, den tosenden Naturgewalten ausgeliefert, dann wollte ich da wenigstens ausgeruht sein.

Leider hatte mir das Schicksal noch einen Stolperstein in den Weg gelegt. Als ich irgendwann gegen 16:30 Uhr aus dem Bett fiel, begrüßte mich meine Lebensgefährtin mit den Worten:

„Wolltest du ein Feuchtbiotop anlegen?"

Ich rätselte erst noch herum, was sie mir mitteilen wollte, dann fiel mir die Überflutung des Badezimmers ein, die ich am Morgen hinterlassen hatte. Wortgewandt versuchte ich mich zu entschuldigen:

Ttschuldigung (gähn), ist heut Morgen (gähn) passiert. Tut mir leid. Ist noch´n Kaffee da (gähn)?"

Hilfreich wie immer, stürmte sie an mir vorbei in ihr Arbeitszimmer, ich vernahm noch ein:

„Du weißt noch, wo die Kaffeemaschine steht, oder?"

Also ging ich in die Küche, kochte mir einen Kaffee und fand mich mit einer Zigarette auf dem Balkon wieder. Immer wieder interessant, wie sich Rituale wiederholen. Hier ging ich meinen Zeitplan bis zu meinem Aufbruch zum Freilufttheaterbesuch durch:

Ich würde den Kaffee genießen, mir Kleidung rauslegen (hier entschied ich mich dann doch für etwas Robusteres), nochmal duschen und anschließend essen. Als ich ins Badezimmer ging, hörte ich noch ein:

„Versuch diesmal, nicht alles unter Wasser zu setzen!"

Ich wollte erst aufbrausen und ihr erklären, dass ich versucht hätte, das Bad zu säubern, musste mir aber eingestehen, dass ein überflutetes Badezimmer nicht gerade für mich sprach. Sehr bedauerlich.

Nach dem Duschen schaute ich mir nochmal kritisch meine neue Errungenschaft an. Während des Anziehens kam mir nochmal der Gedanke, ob es nicht sinniger wäre, die Unterhose zu waschen. Wiederum entschied ich mich dagegen. Dem Mutigen gehört die Welt! Allerdings achtete ich bei meinen nächsten Tätigkeiten sehr genau darauf, ob sich ein unbekanntes Jucken oder Kratzen an sensiblen Körperstellen anbahnte. Nachdem ich gegessen hatte, suchte ich nochmal meine Lebensgefährtin auf. Sie klagte mir ihr Leid: Sie wäre so gern zum Urfaust mitgekommen. Leider gab es an der Abendkasse keine Karten mehr und sie hatte noch einiges an Arbeit zu erledigen und würde es so oder so nicht schaffen. Mein Vorschlag, dass sie für mich gehen könnte, wenn sie dafür die Rezension schrieb, wurde abschlägig beschieden. Auch, dass ich gerne ihre Klassenarbeiten korrigieren würde. Schade!

Ich brauchte im Normalfall zur Löwenburg eine knappe halbe Stunde. Diesmal verließ ich früher das Haus. Und das zu Recht. Schon auf dem knappen Autobahnstück, das ich bis nach Wilhelmshöhe zurücklegen musste, rächte sich die Baupolitik des Landes. Zuletzt kam ich nur im Schneckentempo vorwärts, weil was man in Ruhe in fünf

Jahren bauen konnte, konnte man in sieben ja noch ruhiger schaffen. Und so kam ich mit reichlich Verspätung in der Hugo-Preuß-Straße an. Hier musste ich mir irgendwo einen Parkplatz suchen. Man durfte schon seit Jahren nicht mehr direkt hoch zur Löwenburg fahren und jetzt konnte ich nur noch auf einen reibungslosen Shuttleservice hoffen. Die Parkplatzsuche ließ mich wieder mal die Schönheit des Mulangs erleben. Den durchfuhr ich nämlich von oben nach unten und von links nach rechts. Hier wollte ich immer mal wohnen, wenn ich es mir leisten könnte. Also vermutlich in 1000 Jahren! Doch je länger ich einen Parkplatz suchte, desto ungehaltener wurde ich. Besonders, wenn irgendwelche Spinner ihre Luxuskarossen so parkten, als bräuchten sie in alle Richtungen 1,50 Meter Rangierabstand.

Unterhalb der Kurhausstraße wurde ich fündig. Und das auch nur, weil ein sportlicher, älterer Herr zum Tennis wollte, wie seine Ausrüstung erahnen ließ. Und wie es sich für einen sportlichen, älteren Herrn gehörte, brauchte es seine Zeit, bis seine Karosse endlich den Stellplatz verlassen hatte. Ich glühte vor unterdrückter ‚Zuneigung‘.

Jetzt hatte ich noch eine Viertelstunde, um hoch zur Burg zu kommen. Schnellen Schrittes lief ich zur mutmaßlichen Shuttlestation, verbat mir jede Zigarette, die meine Versuche pünktlich zu kommen konterkariert hätte. Und siehe da: An der Shuttlestation standen genauso viele Personen, wie ein normaler Linienbus aufnehmen konnte. Glück gehabt! Und was passierte dann…

… der Shuttlebus war ein Minibus der Sprinterklasse und erlaubte nur der Hälfte der Wartenden den Einlass. Ich gehörte nicht zu den Glücklichen. Ein Blick auf meine Uhr ließ Schlimmes erahnen. Aber innerhalb der nächsten Minuten kam ein zweiter Minibus und hier erkämpfte ich mir meinen

Sitzplatz. Vielleicht wäre hier noch ein Wort der Entschuldigung angebracht. Der Mit-Kulturinteressierte in der Warteschlange vor mir war noch in einen Theaterführer vertieft. So hatte er gar nicht mitbekommen, dass sich die Türen des Busses geöffnet hatten und die Passagiere schon den Bus stürmten. Kurz hatte ich den Titel seiner Literatur gesehen:

„Der Urfaust."

Kann man sich nicht zu Hause informieren, schoss es mir durch den Kopf, der weiß das doch gar nicht zu würdigen - nee, das Kasseler Theater kann auf solche Hohlbirnen verzichten - und schlüpfte an dem Mann ins Fahrzeuginnere.

Die Türen schlossen sich und das Gefährt setzte sich in Bewegung.

Als wir an der Löwenburg ankamen und sich die Türen öffneten, hörte ich auch sofort eine Lautsprecheransage:

„An alle Besucher. Bitte nehmen Sie die Plätze ein, in fünf Minuten fangen wir an!"

Geschafft! Aber als jemand, der weiß, was sich gehörte, holte ich mir schnell noch eine Bratwurst und ein Glas Rotwein. Jetzt konnte es losgehen! Starren Sie nicht so auf den Senffleck auf meiner Jacke!

Ach ja, die Rezension: Also, …, ich war da. Bin aber in der ersten

Pause gegangen. Hat mir nicht gefallen. Zu modern!

Eine kleine Nachtmusik.

*Vor Corona konnte man
noch mit Freunden feiern.
Da hatten wir echt Probleme!*

Es war mal wieder soweit: Wir waren eingeladen. Das ist an sich etwas Schönes und wenn ich dann abends wieder in meinem eigenen Bett liege, war es bestimmt ein gelungener Abend.

Etwas anderes ist es, wenn wir nach Außerhalb eingeladen werden. Das verspricht dann immer sehr lang zu werden und meine bessere Hälfte entwickelt bei solchen Anlässen einen Durchhaltewillen, den ich bei meinen Geschichts- oder Fotografievorträgen bei ihr manchmal vermisse. Nicht, dass wir uns missverstehen, ich weiß die Feiern mit Freunden aus anderen Städten durchaus zu schätzen. Aber die Fluchtmöglichkeit ist doch sehr begrenzt. Wer käme auch schon auf die Idee, am Ende eines solchen Abends 500 Kilometer zurück ins eigene Bettchen zu fahren? Obwohl ich schon immer mal wieder mit dem Gedanken spielte, das auch schon tat und dann langwierige Diskussionen mit dem Gastgeber hatte: Man könne doch eine Schlafstätte im Kinderzimmer herrichten, die Tochter wäre ja auch noch am Feiern. Nein, danke! Sehr freundlich, aber ich will der Kleinen ja nicht ihr Zimmer wegnehmen.

Ist es auch nicht das Schlafen in fremden Gemäuern per se, was mich an solchen Abenden stört. Nein, es sind eher die Geräusche der Nacht, respektive meiner Mitschläfer, die mich vor solchen Quartiernahmen abschrecken. Der Horror beginnt immer in den eigenen vier Wänden:

„Frank, wir sind zum Oktoberfestfeiern in Rüsselsheim eingeladen." In den meisten Fällen, hab ich den Termin schon mal gehört, aber auch schon wieder vergessen.

„Oh, und… fahren wir hin?"

„Jaaaaaa, wenn du willst!" (Als ob ich in solchen Fällen eine Wahl hätte.)

„Und wie machen wir das mit der Übernachtung, Anja?" Meist entsteht an diesem Punkt der Unterhaltung eine Pause. Ich weiß, was Anja sagen wird und Anja weiß, was ich davon halte. Gedehnt sagt sie:

„Also, ich würde ja gern da übernachten!" Ich überschlage in Gedanken, wer wohl alles kommen wird, wie die Schlafmöglichkeiten aussehen und zuletzt, wer von meinen Freunden wohl nachts das lauteste Crescendo präsentiert. Und dann ergebe ich mich meinem Schicksal. Soll ich meiner

Freundin einen schönen Abend versauen, weil ich nicht auf fremden Fußböden schlafen will?

Mit Schlafsack, Isomatte und Feldbett geht es dann zum Feiern. Bis jetzt haben sich alle Feiern unseres Freundeskreises gelohnt. Bei 80er-Jahre-Klängen dauert es dann auch nicht lange, bis die Terrassentanzfläche brodelt. Und dann gilt das, was für alle Feiern gilt: Je später der Abend, desto feuchter die Kehlen, desto lauter die Musik, desto ausgelassener wird getanzt und manchmal muss dann auch der jeweilige Nachwuchs leiden und mittanzen. Es passiert all das, was auf einer guten Fete passieren sollte.

Die Idee, dann erst so spät schlafen zu gehen, wenn man wirklich müde ist und hoffentlich eine schnarchfreie Zeit erwischt, hat sich als trügerisch erwiesen. Auch der Plan, als erstes schlafen zu gehen, birgt ungeahnte Gefahren. Warum gibt es für solche Situationen keine rezeptfreien Sofortmaßnahmen?

Unweigerlich kommt bei mir der Moment, an dem der fünfte Kaffee keine Wirkung mehr zeigt. Ich hab dann meist schon mehrfach unterdrückt gegähnt und ahne, dass ich auf mein persönliches Ende der Feier zusteuere. Es ist gerade 22:05 Uhr.

Die Schlafsäcke liegen schon seit der Ankunft, kurze Verabschiedungsszene, die dann schon mal 30 Minuten dauern kann und ab geht's in die warme Isolation meines Bundeswehrschlafsacks. Wenn ich Glück habe, bin ich der erste, der liegt. Letztens hab ich den Zeitpunkt verpasst und eine Freundin aus Bremen war schon früher in ihren Schlafsack gekrabbelt. Neben mir hatte ihr Bruder sein Feldbett aufgebaut, den ich im Verdacht hatte, nach der letzten Feier das Wohnzimmer zum Beben gebracht zu haben, weil durch den verringerten Spannungszustand seiner Hals-Nackenmuskulatur die Oberfläche seiner Atemwege nicht mehr plan war. Oder einfach: Er schnarchte!

Kurzentschlossen hatte ich meine Schlafmöglichkeit so aufgebaut, dass mein Kopf zu seinen Füßen lag. Möglichst weit weg von der Geräuschquelle.

Im jetzigen Fall kam es auf Sekunden an: Würde ich Schlaf finden, bevor seine Schwester ins Reich der Träume entschwand oder würde sie zuerst in Morpheus Armen liegen und ich in den Armen der Insomnie? Zu diesem Zeitpunkt war mir das aber gar nicht so bewusst. Beim letzten Mal hatte ich in der Nacht die Schnarcher verwechselt und so Christina gar nicht als Quelle der nächtlichen Baumentsorgung ausgemacht. Ich bin mir sehr sicher: Der Irrtum hatte sich damals wohl am nächsten Morgen geklärt - nur hatte ich es wieder vergessen.

Und noch jemand lag jetzt schon im Bett. Unter meinem Radar, im Tiefstflug also, hatte es Maike auch schon auf ihre Ruhestätte verschlagen. Die hatte ich gar nicht auf der Rechnung. Aber, Maike schnarcht nicht. Obwohl ich das nicht mit Sicherheit sagen kann. Vielleicht schnarcht sie oder gibt sich im Schlaf ganz anderen Dingen hin, ich kann es einfach nicht sagen. Mitbekommen hab ich nie etwas.

Wie gesagt, ich lag also in meinem Schlafsack und wartete. Auf den Schlaf. Aber er sollte nicht kommen. Es war ihm zu laut und zu bunt. Durch mein Schlafarrangement lag mein Kopf jetzt zur Terrassentür hin ausgerichtet. Und prompt leuchteten Discokugel, farbige Strahler und Scheinwerfer rhythmisch zum Klang der Musik in mein Gesicht. Noch dachte ich: Kein Problem, du hast ja eine Kapuze an deinem Schlafsack. Aber irgendwie waren die Lichtstrahlen intensiver als der Stoff meiner Schlafsackkapuze. Und außerdem konnte sich meine Einschlafphase nicht dem Rhythmus der Beleuchtung anpassen. So wälzte ich mich bestimmt für Stunden hin und her und her und hin. Bis ich dann eine Stellung gefunden habe, in der das Licht mich nicht mehr so sehr blendete. So konnte es gehen. Tatsächlich - innerhalb weniger Augenblicke musste ich gähnen - ich war soweit. Schlaf, komm!

Und es kam etwas… Markerschütternde Schnarchgeräusche vom Sofa gegenüber. Christina hatte ihre Produktion aufgenommen. Ich seufzte innerlich und ergab mich meinem Schicksal. Das ist halt eben so, versuchte ich mich zu beruhigen. Das nächste schnarchfreie Intervall kommt bestimmt. Ich könnte ja inzwischen versuchen, eine noch bessere Schlafposition zu finden.

Wenn man sonst schlafen will, hat bestimmt jeder so seine Methoden. Die einen sinnieren über etwas Bestimmtes, die anderen zählen Schäfchen und wieder andere denken wohl an gar nichts, bis sie vom Schlaf übermannt werden. Meine Methode ist es, Ereignisse Revue passieren zu lassen, die mich sehr beschäftigen. Das kann dann ein bestimmtes Computerspiel sein, ein historischer Aspekt oder auch ein Vorgang, den ich im Fernsehen gesehen habe. Und dann schicke ich meine Gedanken auf Reisen. Manchmal werde ich zwischendurch wieder ein bisschen wacher und bin dann immer wieder überrascht, wo ich inzwischen mit meinen Gedanken gelandet bin. Es kann sein, dass ich mir eine Bundestagssitzung vorstelle, die von kostümierten Clowns gestürmt wird und das nächste Mal, wenn meine Gedanken klarer werden, bin ich bei der Waschmaschine.

An diesem Abend klappte gar nichts. Ich kam nicht dazu, meine Gedanken auf Reisen zu schicken, stattdessen hatten sie sich zitternd in meinen Gehirnwindungen verkrochen und warteten auf den nächsten Schnarcher. Und so wiederholte sich das. Immer wieder und immer wieder. Und selbst wenn Christina eine Schnarch-pause einlegte waren meine Ge-danken so paralysiert, dass ich nur denken konnte: „Schnarch, schnarch! Schnarch doch endlich!"

Ich fieberte quasi Christinas nächstem Schnarchen entgegen. Ich dachte kurz über Schlafmedizin im Allgemeinen und einer eventu-ellen Schlafapnoe Christinas im Speziellen nach. Und darüber, wie einfach das Leben doch auf der lin-ken Galapagosinsel wäre. Und plötzlich war es wieder da. Sie schnarchte. Gott sei Dank! Ich war erleichtert und missmutig zugleich.

Es hatte sich einiges an ungu-ter Energie in mir angestaut und

ich fuhr hoch und starrte ankla-
gend ins Dunkle, ungefähr in die
Richtung, in der ich sie vermutete.
Im nächsten Moment sollte mir das
Herz komplett in die Hose rut-
schen, für einen Augenblick dachte
ich, ich wäre in einem Horrorfilm
gelandet. Von links sagte eine ver-
schlafen-aggressive   Stimme:
„Ich möchte ihr am liebsten
ein Kissen ins Gesicht drücken!"

Maike - wann war die denn
ins Bett gegangen? Klasse, jetzt
war ich wirklich wach. Ich nu-
schelte irgendwas und entschloss
mich, einen Boxenstopp an der Bar
einzulegen. Was soll's. Ich
schlüpfte also aus meinem Schlafsack und zog mich an.

Draußen war immer noch eine tolle Stimmung. Die Musik war laut, wirklich getanzt wurde nicht mehr - jetzt waren es eher rhythmische Bewegungen, die immer wieder einsetzten, unterbrochen von lautstarken zustimmenden Freudenschreien. Thorsten und Stefan, unsere DJs, hatten den richtigen Musikgeschmack getroffen. Da Hardrock und Rock nicht unbedingt zu meiner Lieblingsmusik gehören, goss ich mir noch eine Cola ein, steckte mir eine Zigarette an und schaute dem Treiben zu. Unterhaltung war für mich sowieso nur sehr schwer möglich, da ich zu dem Zeitpunkt starke Schwierigkeiten hatte, die Frequenzen auseinanderzuhalten. Ich grinste also freundlich, wenn man mich ansprach, nickte und hoffte, die richtige Antwort zu geben. Diesen Zeitpunkt nutzte dann wohl Dieter, um sich schlafen zu legen. Und das war dann für mich der Startschuss für meinen zweiten Versuch.

Und zuerst ging auch alles gut. Christinas Forstunternehmen hatte eine Pause eingelegt und die Geräusche der anderen Zu-Bett-Geher konnte ich gut ausblenden. Möglichst leise kroch ich in meinen Schlafsack, entledigte mich diesmal auch meines T-Shirts. Man konnte ja über diese BW-Schlafsäcke sagen was man wollte, aber sie hielten warm. Außer meine Freundin, aber das ist eine andere Geschichte.

Langsam nahmen meine Gedanken wieder skurrile Formen an und ich wollte ins Traumland entschwinden, als ich plötzlich einen Druck auf meinem Arm verspürte. Der ganzen Länge nach, da ich auf der Seite lag. Zuerst dachte ich, es wäre meine Freundin, die mir „Gute Nacht" sagen wollte. Ich wollte schon lospoltern: „Ich war gerade eingeschlafen...!" Da merkte ich aber, dass der Druck sich weder verlagerte, noch verringerte. Und er sprach auch nicht. Was war das denn? Ich drehte mich zu meinem Arm und entdeckte Dieters Unterschenkel, der sich scheinbar liebevoll an mich schmiegen wollte. Offensichtlich brauchte auch Dieter beim Schlafen mehr Platz oder sein Unterschenkel war noch am Tanzen. Wenig liebevoll stieß ich ihn zur Seite.

Toll, wieder wach!

Ich nahm mir vor, wenn unsere Gastgeberin hereinkam, sie zu fragen, ob ich mein Nachtlager im Hausflur aufbauen könnte. Noch waren alle Schnarcher nicht im Bett und wer weiß, wie liebebedürftig Dieters Unterschenkel wirklich war?

Irgendwann kam dann Anna, unsere Gastgeberin. Ich schilderte ihr mein Problem und wie meine Lösung aussah.

„Willst du dich da wirklich hinlegen? Da müssen doch alle vorbei, wenn sie ins Bad wollen!"

Aber das konnte mich nicht mehr stoppen, ich war schon dabei, meinen Wohnzimmerschlafplatz abzubauen und neu im Hausflur aufzubauen.

„Wenn ich mich hier hinlege, kommen alle an mir vorbei. Also kein Problem."

„Willst du nicht...?"

„Nein, das klappt schon!"

Unter den ungläubigen Augen Annas (Oder war sie eher amüsiert?) kroch ich in meinem Schlafsack. Probehalber schloss ich die Augen und horchte.

Nichts!

Na gut, ganz entfernt konnte ich hören, dass Christina wieder an die Arbeit ging. Aber das würde ich wohl ausblenden können. Jetzt ging es nur noch darum, den abendlichen Toilettenansturm durchzustehen. Ich glaubte, Anna und Henry, die im Flur standen und auf Einlass ins Bad hofften, miteinander tuscheln zu hören.

„Ihr dürft ruhig laut reden, wegen mir müsst ihr nicht flüstern."

Annas Antwort kam prompt: „Nee, du bist doch schon am Schlafen!" Gefolgt von Gekicher. Das war fast richtig. Und in der Tat dauerte es nicht mehr lange und ich schmiegte mich fest in die Arme des Sandmannes.

So hatte ich dann doch noch einen Schlafplatz gefunden, der mir ein bisschen Ruhe versprach. Es musste in der Nacht wohl noch einige Expeditionen zum WC stattgefunden haben. Ich hab davon nichts mitbekommen. Vermutlich habe ich zu laut geschnarcht.

Verschwörung!

Eine Verschwörung besonderer Art! Selbst engste Quellen sollte man mit Vorsicht genießen!

Ich bin einem Komplott auf der Spur. Einem Ernährungskomplott! Ob ich schon diesem Ernährungskomplott zum Opfer gefallen bin, kann ich nicht mit 100% Sicherheit sagen. Aber ich muss vorsichtig sein. Wer weiß, ob ich mich demnächst nicht auf ein Schnitzel freue und stattdessen eine Rapswurzel in Form und Geschmack des gewünschten Stücks Fleisch bekomme. Meine Umwelt wird Stein und Bein schwören, dass es sich um ein echtes Schnitzel handelt. Und sie hätten noch nicht mal gelogen: Ein echtes Raps-Schnitzel!

Anjas Eltern waren zum Kaffeetrinken bei uns eingeladen. Das versprach ein netter Nachmittag zu werden. Für mich war es noch nicht ganz klar, ob ich dabei sein würde, da an dem Tag um fünf Uhr früh meine Arbeit begann und ich erst am Nachmittag zu Hause sein würde. Danach hätte ich die Kommunikationsfähigkeit einer Nacktschnecke und bräuchte erst mal meinen Schönheitsschlaf. (Obwohl ich langsam bezweifle, dass das wirklich noch was bringt.)

Anja hatte für das familiäre Happening zwei Kuchen gebacken.

Einen Kürbiskuchen und einen Birnen-Streusel. Mit Sahne! Grund genug, den Schönheitsschlaf vorzeitig abzubrechen, um nicht ganz leer auszugehen. Also wälzte ich mich aus dem Bett und begab mich ins Wohnzimmer. Hier grunzte ich Anjas Eltern ein „Schön, dass ihr da seid!", entgegen und verzog mich erst mal mit einem Kaffee und einer Zigarette auf den Balkon. Ein kurzer Blick über den Wohnzimmertisch gab mir berechtigte Hoffnung, auch noch in die Nähe eines Zuckerschocks zu kommen. Anja hatte einen Teil des Kürbiskuchens sogar mit einem Schokoguss überzogen.

Jetzt muss ich gestehen, dass ich mit Torten und Kuchen etwas Fruchtiges oder Stopfend-Süßes verbinde. ‚Kürbis' in Verbindung mit dem Wort ‚Kuchen' ist dann doch ein Paradox für mich. Kürbis-Hackfleischpfanne oder Kürbissuppe bestechen ja auch nicht gerade durch ihre üppige Süße. Für Anja ist das überhaupt kein Problem, ich befürchte noch nicht mal ein Widerspruch. Je außergewöhnlicher das Back- oder Kochrezept und je mehr es gegen konservative Rezepte verstößt, desto besser. (Meine jährlich zum Geburtstag eingeforderte Erdbeertorte stößt schon seit Jahren auf kreativen Widerwillen.)

Auf jeden Fall hatten die Zeit an der frischen Luft, der Kaffee und meine legalisierte Droge dafür gesorgt, dass ich fast kommunikationsfähig war. Also betrat ich das Wohnzimmer. Ich setze mich an den Tisch, eine zweite Tasse Kaffee und ein Stück Birnen-Streusel sorgten dafür, dass ich mich langsam am Gespräch beteiligen konnte.

Der Gesundheitszustand unseres kranken Katers, Lokalpolitik und ein Termin zum gemeinsamen Shopping im hiesigen Gartencenter (Hurra?) wurden vereinbart. Zum Glück konnte ich mich vor dem Gartencenter drücken!

Und dann passierte es! Eine Ernährungsverschwörung! Ich

deckte ein Kürbisgate auf. Der folgende Dialog ist ein Gedächtnisprotokoll:

Ich: „Du hast ja sogar einen Schokoladenüberzug über den Kürbisku...“

Weiter kam ich nicht. Es passierten mehrere Dinge auf einmal. Anja versteifte sich neben mir. Alle ihre Bewegungen froren ein. Anjas Mutter hinderte mich sofort am Weitersprechen, indem sie ihre Augen weit aufriss, ihr Gesicht bekam etwas Unerbittliches und sie deutete verstohlen auf ihren Mann. Dann zischte sie mir leise zu: „Das ist kein Kürbiskuchen! Das ist Nusskuchen - sonst isst den mein Mann nicht!“

Ich war erst mal sprachlos. Schaute die beiden Frauen an und konnte es nicht glauben, dass sie dem armen Dieter ein X für ein U vormachten. In dem Fall Nuss für Kürbis! Ungeheuerlich! Durfte man in einer Beziehung jetzt nicht mal mehr essen, was man gerne isst oder weglassen, was man nicht mochte?

Nun, Dieter aß den ‚Nusskuchen' und er schmeckte ihm hervorragend.

Und dann erinnerte ich mich daran, dass ich die Situation kannte:

Vor Jahren hatte ich bei Freunden ein Gericht auf Basis von Schafskäse gegessen. Ich bin nicht unbedingt ein Freund von Schafskäse, aber das Gericht war schmackhaft, einfach zu kochen und da Anja zu dem Zeitpunkt in Berlin war, überlegte ich mir, dieses Gericht meinen Eltern zu kochen.

Also fand ich mich mit Zutaten in der elterlichen Küche wieder und schwang die Bratpfanne. Dazu sollte ich aber nochmal kurz erklären, dass meine Mutter mich nicht eine Sekunde aus den Augen ließ. Vermutlich hielt sie mich immer noch für 16 und erwartete nach meiner Kochexkursion ein Schlachtfeld in der Küche.

Zuerst störte mich die Anwesenheit meiner Mutter gar nicht. Als sie dann aber anfing, das Kochen immer mehr an sich zu reißen und mit ‚sachverständigen Tipps' um sich schmiss, bat ich sie irgendwann ins Wohnzimmer. Ich wäre durchaus in der Lage, einen Schafskäse zu erhitzen und wie der Toaster ging, wüsste ich auch. Ihre verständige Antwort:

„Neee, das ist meine Küche!"

Selbst mein Vater, der sonst bei den Zubereitungen der Mahlzeiten nie in der Küche zu finden war, konnte seine ‚hilfreichen Ratschläge' kaum für sich behalten.

Ihn konnte ich aber mit dem Hinweis auf den noch nicht gedeckten Tisch der Küche verweisen.

Gerade als mein Vater die Küche verlassen hatte, raunte mir meine Mutter zu:

„Sag nicht, dass das Schafskäse ist. Das ist französischer Weichkäse! Sonst isst das dein Vater nicht!"

Daran musste ich denken, als ich das Kürbisgate aufdeckte. Später, als Anjas Eltern gegangen waren, guckte ich meine Freundin an und sagte:

„Ihr habt also deinem Vater gesagt, dass er Nusskuchen isst, weil er Kürbis nicht mag?"

„Ja."

„Hast du sowas auch schon mal mit mir gemacht?"

Sie schaute mich lange an und antwortete in dem Tonfall, den ich benutzte, wenn ich das eine sage, aber das andere meine:

„Nein, nie!"

Bretter, die die Welt bedeuten!

Vor 1000 Leuten auf der Bühne
stehend und Hamlet rezitierend.
„Sein oder nicht Sein?" Das
wäre mein Traum. Aber
bestimmt ruft dann einer meiner Freunde:
„Ganz klar - MEIN!"

„Ruhe am Set!"

„Achtung - Aufnahme!"

„Klappe. Der englische Geheim-
agent, die Erste."

KLAPP!

„James, Sie müssen nach Pa-
lermo und treffen dort 004,5. Der

weiht Sie in alles ein und dann müssen Sie einen tyrannischen Diktator stürzen, der von kannibalistischen Voodoopriestern unterstützt wird."

„Ja, N. Ich mache mich gleich los, sobald die unbekannte Blondine in ihrem Abendkleid, das alles verhüllt, aber doch alles erahnen lässt und zudem äußerst knapp geschnitten ist, mich loslässt, Sir."

„Und gehen Sie bei R vorbei. Er hat ihre Luxuslimousine in einen fliegenden Panzer verwandelt, aber keine Sorgen, das sieht man nicht!"

.. oder…

„Ruhe am Set!"

„Achtung - Aufnahme!"

„Klappe. Sternenkrieg, die Erste."

KLAPP!

„Lukas, pass auf! Du hast drei feindliche Raumjäger an deinem Heck! Achtung, ich schneide zwei, dann hast du Luft!"

„Danke, Riggs, ich fliege dann einfach in dem gerade mal 10 Meter breiten Graben so unkontrolliert nach links und rechts, ohne dass ich die Wände streife, bis ich beim Lüftungsschacht bin und meinen Torpedo auslöse. Ich hab ja so ein Annäherungstuten und die Macht ist mit mir!"

„Aber der Stern des Todes ist unzerstörbar!"

„Das stimmt, aber wenn du meinst, es geht nicht mehr, kommt von irgendwo ein Lichtlein her!"

.. und dann wäre da noch...

„Ruhe am Set!"

„Achtung - Aufnahme!"

„Klappe. Das böse Land, die Erste."

KLAPP!

„Frido, wir müssen die Kette im Bestimmungsberge in den Lavaflüssen versenken. Wenn Keilon sie in die Hände bekommt, ist es vorbei mit Mittenerde!"

„Ben, wir werden jetzt erst mal frühstücken und bis zum zweiten Frühstück um 9 Uhr machen wir Pläne und dann ist ja auch gleich der 11 Uhr Imbiss und dann sehen wir weiter…!"

Ich hab gelogen. Das ist mir erst später aufgefallen, macht es aber nicht besser. Meine Lebensgefährtin, die Lehrerin, bekommt immer wieder von ihren Schülern Freundschaftsbücher, in denen man Dinge über sich preisgibt. Das geht von Lieblingsmusik bis Lieblingsessen und warum man Ostwind mag. Darüber bin ich gleich gestolpert. Ein Freundschaftsbuch für meteorologisch begeisterte Kinder? Nein, klärt mich meine Freundin auf! Ein Pferdefilm. Ach so - na gut…

Da ich jetzt auch öfter mal in Anjas Schule war und die Kinder gemerkt haben, dass die Frau Lehrerin MEINE Frau Lehrerin ist, habe ich also auch Freundschaftsbücher zum Reinschreiben bekommen. Und prompt ist es mir passiert: Ich habe gelogen. Die Frage war: Traumberuf? Ich überlegte und schrieb „Astronaut und Rennfahrer". Und ein paar Tage später fiel mir auf: Das stimmt ja gar nicht. Eigentlich wollte ich immer Schauspieler werden… Stimmt auch nicht ganz. Aber so ungefähr.

Meine ersten Schritte auf der Bühne, die die Welt bedeuteten, machte ich in der Grundschule. Ich kann mich an ein Theaterstück erinnern, das wir Schüler vor begeisterten Eltern aufführten. Leider kann ich mich nicht mehr an den Namen des Stücks erinnern. Es ging um einen Räuberhauptmann, der sich für die Armen einsetzt. Sowas wie ein deutscher Robin Hood. Wir Kinder waren im Halbkreis vor den Eltern aufgereiht, die auf unseren

Stühlen saßen, und warteten auf unseren Einsatz. Wenn wir dran waren, gingen wir ein paar Schritte nach vorn und sagten unseren Text. Mit den ersten zaghaften Versuchen einer Choreografie.

Meine Rolle hatte ich mir ganz bewusst ausgesucht. Ich spielte einen Bekannten des Räuberhauptmanns. Mir war nämlich während der Proben aufgefallen, dass bei den Hauptrollen des Stückes immer ganz viele Kinder auf der Bühne standen. Ich wollte die Bühne für mich allein. Mit mir stand dann noch die Frau des Räuberhauptmanns vor den elterlichen Zuschauern und das war's. Ziel erreicht! Ich kann mich auch noch genau an meinen Text, der episch war, erinnern:

Ich : „Ist der Räuberhauptmann zu Hause?"

Frau: „Nein."

Ich: „Dann komm ich später wieder."

Ende.

Episch, nicht wahr?

Bevor wir dann die Grundschule endgültig verließen, wurde nochmal ein Stück aufgeführt. Ich spielte einen Herold. Meine Mutter hatte mir eine schöne Feder für meinen Hut besorgt und den Text, den ich dem Volk verkünden sollte, auf eine Rolle Butterbrotpapier geschrieben, die ich kunstvoll ausrollte und vorlas. Das hatte den Vorteil, dass ich den Text nicht mal auswendig lernen musste und es trotzdem Eindruck machte. Ich kann mich erinnern, dass in einer Szene sogar ein Tisch aufgebaut wurde, an dem eine arme Bauernfamilie ihr Abendessen zu sich nahm. Als Requisite gab es sogar Kekse, die von der Lehrerin gesponsert wurden. Mein Schulkamerad Tim spielte den armen Bauern. Und er war so damit beschäftigt, die Kekse in sich hineinzuschaufeln, dass das Publikum nichts von seinem Text verstand.

Aber ich war vom Virus Schauspiel infiziert. Da traf es sich, dass ich beim CVJM Basketball spielte. Bei diesem christlichen Verein gab es auch Jugendgruppen und hier spielten wir immer wieder Szenen aus der Bibel nach. Dass das hauptsächlich christliche Themen waren, störte mich nicht. Ich schauspielerte. Ich spielte den Benjamin und den verlorenen Sohn. Obwohl ich den gar nicht spielte. Ich wollte ihn spielen - ein anderer Junge allerdings sollte ihn spielen, der passte aber bei der Einweisung überhaupt nicht auf und so bekam ich dann doch die Rolle. Ich war glücklich und dachte: „Warum nicht gleich so?!" Leider fehlte uns durch die vorherige Fehlbesetzung unseres „Teamleiters" die Zeit zur Probe. Als wir unser Stück aufführen sollten, ich brannte in meinem Startloch vor Begeisterung, wir hatten nicht alles proben können - ich würde also improvisieren müssen - winkte unser Teamleiter ab und sagte, wir hätten zu wenig Zeit gehabt. Ich war maßlos enttäuscht.

Die Pausen zwischen meinen schauspielerischen Einsätzen wurden größer. Während meiner Realschulzeit wurde ein Stück von Hans Sachs aufgeführt „Der fahrende Schüler im Paradeis". Ein Drama über Bauernfängerei. Ich litt wirklich mit der Bauerfrau mit: Ein Student verspricht einer verwitterten, aber neu verheirateten Bäuerin, mit ihrem verstorbenen Mann im Paradies Kontakt aufzunehmen. Wenn die Bäuerin etwas hätte, das sie ihrem verstorbenen Mann noch geben wolle, dann wäre jetzt der Zeitpunkt. Selbstlos würde der Student dem toten Bauern die Liebesgaben überreichen. Inklusive Geld. Die Frau erklärt dem heimkehrenden neuen Ehemann ihre Hilfsmission und dieser, erzürnt, verfolgt den Studenten - holt ihn ein - erkennt ihn nicht und gibt ihm auch noch sein Pferd. Das ist die mittelalterliche Geschichte des namibischen Prinzen, der mir ein unfassbares Vermögen überlassen würde, wenn ich nur an eine bestimmte Emailadresse meine Kontodaten weitergeben würde. Sie kennen bestimmt ähnliche Geschichten.

Das Stück wurde mehrmals aufgeführt, auch vor anderen Klassen. Da es zwei Besetzungen gab, musste ich eine Rolle ergattern, die mich bei jeder Aufführung dabei sein ließ. Schließlich bedeuteten Aufführungen Schulfrei. Also wurde ich der Souffleur. So war ich bei jedem Stück dabei und brauchte keinen Text lernen. Sehr cool!

Dann trat wieder eine längere Pause ein. Die überbrückte ich durch Mittelaltermärkte, bei denen ich mich in einen Sarazenen verwandelte und durch Larp (Live Action Rollenspiel). Auch da wird schauspielerisches Talent verlangt, aber im erlebten Mittelalter waren mir die dargestellten Szenen immer zu kurz und wurden auch kaum weiter verfolgt. Im Larp kommt es sehr viel auf schauspielerisches Talent an. Deshalb hört man auch immer wieder von Interessierten: „Ja, da würde ich gern mal zuschauen!" Das geht aber leider nicht.

1. Larp ist kein Theater.

2. Viele Larper mögen die Anwesenheit von Zaungästen nicht.

Ich fand dann in Kassel eine Playback-Revue. Tolle Geschichte! Und äußerst professionell dafür, dass es von einem Verein aufgezogen wurde. Es wurden Choreografien von Musicals einstudiert und die mussten sitzen! Wir konnten auch Einzelstücke ausprobieren und einstudieren. Ich merkte bald, dass ich mich zu 110% an die Vorgaben hielt und tanzte zur Musik von „Cats" durch mein Wohnzimmer. Von Improvisation hielt ich gar nichts, wenn ich mit einem

Partner auf der Bühne war. Ich konnte mir dann ja nie sicher sein, was er grade tat. Für zwei bis drei Jahre war ich zufrieden. Ich stand auf der Bühne, konnte mich künstlerisch betätigen, hatte bis zu hundert Zuschauer und mehr. Allerdings kam ich irgendwann in einen Konflikt mit einer Abspaltergruppe, die ihre eigene Revue aufziehen wollte und verließ die Playbackshow. Ein paar Jahre später versuchte ich es nochmal. Aber inzwischen hatte die Gruppe viel von ihrem Charme und ihrer Professionalität verloren.

Ich spiele immer mal wieder mit dem Gedanken, als Statist beim Staatstheater anzufragen oder bei

einer der zahlreichen Produktions-
firmen.

Warum ich nicht von vornhe-
rein Schauspieler geworden bin?
Gute Frage! Meine Eltern baten, als
bei mir mit 18 der Wunsch aufkam,
einen befreundeten Schauspieler,
ob er mir Unterricht erteilen
würde. Ihm war wohl die Verant-
wortung zu groß. Also ließ ich es
erst mal bleiben. Wer hätte denn
auch gedacht, dass es richtige
Schauspielschulen gab! Konnte ja
keiner wissen…

Aber meine größten Erfolge
als Schauspieler feierte ich doch
wohl in meiner Schulzeit. Wenn ich
schlechte Noten nach Hause
brachte. Die Erklärungen, warum

dieser Test oder jene Arbeit wirklich schlecht ausgefallen sind, wurden von meinen Eltern leider schnell durchschaut. Aber meine damalige Darbietung war von größter Dramatik!

Jana aus Kassel.

Bei Calden hat Kassel
einen Flughafen. Die KVG hat ein
sehr kurioses Tarifsystem. Da
können wir uns auch „Jana" leisten!

Aus Kassel kommen ja einige Berühmtheiten. Zu den Top 3 gehören auf jeden Fall die Brüder Grimm. Die kennt in Deutschland wohl jedes Kind. Und ich lehne mich jetzt mal aus dem Fenster und sage, dass wohl alle Kinder dieser Welt schon mal eine Geschichte von ihnen gehört haben. Mit Dorothea Viehmann, der Frau, die sie mit einigen Geschichten versorgte, ist das dann schon schwieriger.

Unter Musikfreunden sind wohl Louis Spohr (obwohl der in Braunschweig geboren wurde) und Philipp Dausch (Milky Chance) berühmt. Zu medialer Berühmtheit haben es Steffen Hallaschka (stern TV, So tickt Deutschland) und Ulrike Folkerts (Tatort) gebracht und wer kennt nicht Mo Asumang (Schauspielerin und Autorin) und den Fernsehkoch Mario Kotaska?

Seit dem 21.11.2020 hat sich zu diesen Kasseler Berühmtheiten eine weitere hinzugefügt. Allerdings weniger ‚berühmt' als ‚berüchtigt'!

Jana aus Kassel!

Und hier kommen wir an einen Punkt, an dem Humor/Satire selbst mir peinlich ist. Zumal es sich noch nicht mal darum gehandelt hat. In Facebook gibt es sogar den persönlichen Blog von Jana aus Kassel. Doch der ist inzwischen geschlossen. Dafür gibt es genügend ‚Fanclub' und die greifen immer wieder Janas NS-Vergleich auf („Ich bin Jana aus Kassel und ich fühle mich wie Sophie Scholl")... Kostprobe?

- Ich bin heute über einen Zebrastreifen gegangen, ich fühle mich wie Paul McCartney.
- Ich hab kalte Füße, ich fühle mich wie Ötzi
- Einer hat zu mir gesagt: "Dich

gibt es für mich nicht", ich fühle mich wie Bielefeld.

- Durch meine FFP2 Maske krieg ich Segelohren, ich fühle mich wie Dumbo.
- Keiner lacht über meine Witze, ich fühle mich wie Oliver Pocher.
- Habe einen IKEA Schrank zusammengebaut. 1 Schraube, 1 Spanplatte und 5 Gramm Holzleim blieben übrig. Habe daraus einen Flugzeugträger gebastelt. Ich fühle mich wie MacGyver.
- Aufräumen dauert etwas länger, ich fühle mich wie die Erbauer des Berliner Flughafens.
- Ich bin durch den Schnee gestapft, ich fühle mich wie

Amundsen.

- Ich habe mein Knoppers schon um 9:00 Uhr gegessen und fühle mich wie Chuck Norris.
- Habe eine CD-ROM gebrannt, ich fühle mich wie Nero.
- Bin barfuß auf ein paar Legosteine getreten, ich fühle mich wie bei "Lord of the Dance".
- Habe über Alexa mit meiner Stimme Licht eingeschaltet und fühle mich wie Gott.
- Mich friert, ich fühle mich wie Bernie Sanders.
- Ich habe etwas an die Tür gepinnt, ich fühle mich wie Martin Luther.
- Ich habe eben gekocht und es schmeckt einfach furchtbar.

Ich fühle mich wie ein Engländer.

- Habe meiner Alexa den Rufnamen Computer gegeben. Ich fühle mich wie Scotty.
- Ich wohne noch bei meiner Mutter, ich fühle mich wie Norman Bates.
- Mir tut der Nacken weh. Ich fühle mich wie Robespierre.
- Ich arbeite in der Transportbranche und bin politisch tätig. Ich fühle mich wie Ernst Thälmann.
- Ich saß in der Badewanne und habe das Wasser verdrängt. Fühle mich wie Moses.
- Ich habe ein Bild gemalt. Ich fühle mich wie Picasso.

So ist das. Das Netz vergisst nicht. Jana wird nicht viel Freude an den Vergleichen haben. Aber was eine richtige Widerstandskämpferin ist, die gibt nicht so leicht auf. Und scheinbar arbeitet sie ja jetzt auch als Bloggerin/Netzjournalistin bei „Wahrheitspresse24 - Das satiriöse Pendant zur Lügenpresse".

Wobei - das ist doch ein Satireblog! Und da nennt sie sich auch noch „Jana aus Kassel"? War ihr Auftritt bei den Querdenkern in Hannover doch nur Satire und wir alle haben es nicht verstanden? Inklusive der Veranstalter? Wäre ja nicht das erste Mal.

Schon im Sommer 2020 hatte der Comedian Florian Schröder einen Auftritt bei der Anti-Coronamaßnahmen-Demo in Stuttgart gehabt. Veranstalter: Querdenken-711 Stuttgart. Die Rede, die Schröder dann gehalten hat, hat wohl keiner der Anwesenden erwartet. Schröder sprach sich für Coronamaßnahmen, für Meinungsfreiheit und für eine Freiheit aus, die nicht aus Verantwortungslosigkeit besteht. Das Klatschen wurde im Verlauf der Rede sparsamer und zum Schluss gab's Buh-Rufe.

Wahrheit scheint in diesen Tagen ein sehr dehnbarer Begriff zu sein...

Apotheke, die Zweite.

Man könnte glauben, ich
habe etwas gegen Apotheken.
Ich vertrete aber die
Auffassung, dass es genau
umgekehrt ist!

In unserem Dorf gibt es drei Apotheken und die Chronologie meiner Besuche zeigt zwei Dinge eindeutig: Das Gesundheitssystem wird überleben und eine der drei Apotheken meide ich inzwischen wie ein Veganer den Schlachthof.

Das ergab sich, als ich vor einiger Zeit anlässlich massiver Kopfschmerzen den Verkaufsraum betrat und um Hilfe bat. Die Kopfschmerzen hielten inzwischen länger an und waren insgesamt stärker. Da ich schon seit ich siebzehn bin unter Kopfschmerzen leide und diverse Untersuchungen hinter mir habe, machte ich mir nicht unbedingt Sorgen - ich wollte nur, dass sie endlich aufhörten.

Ich schilderte der Dame hinter der Theke mein Problem und fragte, ob es eine rezeptfreie, stärke Alternative als meine sonst üblichen Tabletten gäbe.

„Ja", meinte die Dame, „da müssen wir mal schauen." Mit den Worten drehte sie sich zu einem in Würde ergrauten, älteren Herrn mit Wohlstandsbauch um, der an einem Computer saß und fragte: „Was können wir denn da geben?"

Der Herr fragte auch nochmal nach meinen jetzigen Tabletten, meinte dann, das wäre doch alles scheiße. Danach schwieg er. Erwartungsvoll schauten die Apothekerin und ich den Quell der Weisheit an und warteten, was er wohl von sich geben würde. Irgendwann konnte die Apothekerin sich nicht mehr zurückhalten und fragte:

„Was soll ich denn geben?"

Ich war dem Erleuchteten nur drei Worte wert:

„Gib C 12!"

Ich war mir nicht ganz sicher, ob ich richtig gehört hatte. C 12? Das sind Globuli! Er wollte einen Langzeit-Kopfschmerzpatienten mit alternativen Mitteln behandeln? Die beste aller Lebensgefährtinnen, nämlich meine, behandelte sich selbst manchmal mit Schüssler-Salzen. Das hatte ich dann auch mal probiert. Der Effekt war gleich Null. Ich versuchte aufzubegehren, mein ungläubiger Blick traf die Apothekerin, aber sie legte mit Nachdruck das Päckchen mit den Globuli auf den Tresen und nannte mir den Preis. In dem Moment meldeten sich auch meine Kopfschmerzen, ein immer stärker werdender Schmerz zog von meinem Hinterhaupt den Nacken herunter. Ich wollte nur noch aus dem Laden raus. Also zahlte ich und ging.

Ich hatte wirklich vor, dem homöopathischen Mittel eine Chance zu geben und so hielt ich mich strikt an die Anleitung. Der Erfolg war genauso groß, wie meine Aussichten auf den Grimme-Preis - nicht existent. Am nächsten Morgen wurde ich wieder mit Kopfschmerzen geweckt und fiel über die Vorräte meiner Lebensgefährtin her. Diesmal hatte ich Glück. Während ich um 4:30 Uhr auf dem Balkon meinen Tag begann, den ersten Kaffee trank und mich behutsam darüber freute, dass die Schmerzen langsam nachließen, dachte ich an den Apotheker und überlegte mir, was ich wohl von ihm bekommen würde, wenn ich mal nach Effortiltropfen fragen würde. Einen Pflanzenaufguss? Einen Expander? Ich beschloss, den Weisheiten dieses Pharmazie-Buddhas zu entsagen und mir eine andere Apotheke zu suchen. Es gab ja schließlich noch zwei!

Später drohte aber auch die zweite Apotheke zu versagen. Der versuchte Kauf eines Reisezahnputzsets wurde damals zu einem enttäuschenden Fiasko.[1]

Aber es waren ein paar Wochen vergangen und mein Vorrat an Schmerzstillern nicht mehr existent. Während meiner Schicht hatte sich bei Kilometer 174 ein Schmerz an meinen Hinterhaupthöckern eingestellt. Der Mangel medizinischer Gegenmaßnahmen in Tablettenform zwang mich zum Handeln und prompt fand ich mich nach der Arbeit vor besagter zweiter Apotheke. Nun gut, auf ein

---

[1] Rossbach, F. (2018). „Das Reisezahnputzset und der Zahnarztspiegel". In „In meinem Leben ist (fast) immer Montag" (2. Aufl.). Independently published.

Neues. Viel Feind - viel Medikament!

Ich betrat die Apotheke und ging auf den Tresen zu. Dabei betete ich zu allen Göttern, dass meine „Reisezahnputzset-Apothekerin" mich NICHT bedienen würde... Glück gehabt, eine ganz neue, junge Apothekerin kam auf mich zu. Ich war erleichtert, ich begrüßte sie und nannte ihr meinen Wunsch. Der Verlauf des nachfolgenden Gesprächs ließ in mir aber wieder den Wunsch erwachen, auf eine einsame Insel auszuwandern:

Sie: „Was haben Sie denn für Kopfschmerzen?"

Ich: „Vom Hinterhaupt herunter bis in den Nacken.“

Sie: „In welcher Stärke?“

Ich: „Wie soll ich das beschreiben? Haben Sie was zum Vergleichen?“

Sie (leicht genervt): „Leicht, mittel, schwer?“

Ich (verzichtete auf den Hinweis mit der Schmerzskala): „Mittel bis schwer.“

Sie: „Haben Sie die Tabletten schon mal genommen?“

Ich: „Ja, die helfen am besten.“

Sie: „Haben Sie das öfter?“

Ich: „Regelmäßig, ich bin Kopfschmerzkind." (Meine Kopfschmerzen fangen an, sich zu regen.)

Sie: „Haben Sie das schon mal untersuchen lassen?"

Ich: „Ja, schon des Öfteren."

Sie: „Bei welchem Arzt waren sie denn?"

Ich: „Bei meinem Hausarzt. Könnte ich jetzt bitte die Medikamente bekommen?"

Sie (ignoriert meine Frage): „Liegen andere chronische Erkrankungen vor?"

Ich: „Ja, ein Herzinfarkt." (Ich verkneife mir auch den Zusatz, dass ich, wenn das so weiter geht, gleich einen zweiten bekomme!)

Sie: „Kennen Sie sich mit der Dosierung der Tabletten aus?"

Ich (werde meinerseits leicht ungehalten): „Ja, ich nehme die öfters, ich kenne die!"

Sie: „Sie müssen sich unbedingt an die Dosierung halten!"

Ich (habe die Tabletten immer noch nicht, das Gespräch trägt nur dazu bei, dass meine Schmerzen zunehmen und ich mich frage, ob ich aus Versehen Afrikaans gesprochen habe, was mich wundern würde, da ich erst später googeln musste, wie die Sprache heißt): „Ich bin Physiotherapeut, ich kenne mich mit Medikamenten aus!"

Sie: „Das steht Ihnen ja nicht auf die Stirn geschrieben."

Da die Medikamente schon auf ihrer Seite des Tresen lagen, meine Kopfschmerzen mir signalisierten, dass sie eine weitere Fahrt zu einer anderen Apotheke nicht tolerieren würden und ich auch keine Lust verspürte, das Gespräch weiter vorzuführen, sagte ich gar nichts mehr. Meine Apothekerin merkte wohl, dass ich mich zu keiner Aussage mehr hinreißen ließ und schob mir die Tabletten mit den Worten „Ich wollte nur sicher gehen!", herüber. Ich zahlte und überlegte beim Herausgehen: Wenn die bei jedem Kunden so ein Gespräch führen, der ein Rezept einlöst, müssten die eigentlich eine Schlange vor der Tür haben, als ob sie kostenlos Toilettenpapier verteilen. Ein dritter Gedanke jagte durch meinen schmerzgeplagten Kopf: So schwierig waren meine Apothekeneinkäufe in der Stadt nie!

Tja, das war's wohl mit der zweiten Apotheke. Was wird wohl passieren, wenn ich da meine Notfall-Herzmedikamente abholen möchte? Vielleicht sollte ich gleich einen Rechtsanwalt engagieren.

Von wegen Auskunftspflicht und Patientenrechte. Oder mache ich mich inzwischen straffällig, wenn ich die Fragen meiner Apothekenkraft nicht wahrheitsgemäß beantworte? Wer weiß?

Ich denke, ich werde jetzt mal die dritte Apotheke ausprobieren. Vorher werde ich aber meinen Hausarzt um Kontaktaufnahme mit dem Institut bitten, vielleicht legt meine Krankenkasse auch ein gutes Wort für mich ein und selbstverständlich faxe ich auch gern meinen Lebenslauf und die Gehaltsmitteilungen der letzten drei Monate. Haben Sie noch weitere Fragen?

Schlaflos in Kassel.

Sie kennen diesen Ablauf?
Bestimmt! Nur der Ohrwurm
ist ein anderer.

Es ist 23:00 Uhr. Zeit fürs Bett. Da sollte ich eigentlich längst sein, da ich morgen um 5:00 Uhr raus muss. Also, auf zum Nachtlager. Nochmal für 20 Minuten Videos auf YouTube geschaut und dann die richtige Bettschwere gefunden. Es kann losgehen. Aber…

Gehirn: „So Leute, wir checken nochmal kurz den morgigen Tagesablauf und dann ist hier Ruhe, ok?"

Ohr: „Ich hab da nochmal 'ne Frage…"

Gehirn: „Was ist denn noch?"

Ohr: „War das abgesprochen?"

Gehirn (leicht genervt): „Was?"

Ohrwurm (leise): „Humba, humba, humba, tätära…!"

Gehirn (irritiert): „Wo kommt das denn jetzt her?"

Ohr (schüchtern): „Hab ich doch gesagt."

Ohrwurm (lauter): „Humba, Humba, Humba, täterä, TÄTERÄ!"

Gehirn: „Sag mal, was soll das denn jetzt?"

Gefühl: „Wollten wir nicht Schicht machen?"

Unruhe: „Dann kann ich mich ja auch nochmal melden!"

Magen: „Ist was?"

Ohrwurm: „Humba, Humba, HUMBA, TÄTERÄ, TÄTERÄ!"

Gehirn: „Ey Leute, was soll das? Wir sind sowieso schon spät dran!"

Gedächtnis: „Das ist doch ein alter Karnevalshit."

Herz: „So was merkst du dir. Aber dass wir weniger Fastfood essen sollten - das vergisst du!"

Magen: „Hat da gerade jemand ‚Fastfood' gesagt?"

Niere (leicht genervt): „Och Leute, ich brauch schon ein bisschen Zeit zum Entgiften."

Gefühl: „Nun sei mal nicht so 'ne Mimose!"

Niere (wird unterbrochen): „..."

Ohrwurm: „HUMBA, HUMBA, HUMBA, TÄTERÄ!"

Unruhe: „Also, ich bin noch da...!"

Pobacke: „Könnten wir uns mal um 45° nach rechts drehen? Ich liege gerade echt schlecht."

Gehirn (lauter werdend): „Halloooooo? Wir wollten schlafen!"

Gedächtnis (nachdenklich): „In der Grundschule waren wir ja mal als Indianer am Karneval unterwegs."

Magen: „Ich wollte noch mal auf das Fastfood zurück."

Gehirn: „Bist du verrückt? Um diese Uhrzeit?"

Magen: „Für Verrücktheiten bist du doch zuständig. Ich sprach nur von Fastfood."

Gedächtnis: „Im Kühlschrank ist noch Kuchen."

Leber: „Könnten wir dann auch noch was trinken?"

Ohrwurm: „… täterä, täterä. Ja das geht Humba, Humba, Humba…!"

Gehirn: „Leute, ist hier jetzt bald mal Ruhe! Wir werden weder essen noch trinken und auch nicht Karneval feiern!"

Unruhe: „Noch ein Video?"

Gefühl: „Och, gegen so ein Stück Kuchen ist doch nichts einzuwenden."

Magen: „Hörste, Gefühl hätte auch Lust."

Fettanteil: „Aber wir haben in der letzten Zeit schon ziemlich zugelegt."

Magen: „Spielverderber!"

Gaumen: „Wie wär's denn mit einer Suppe?"

Gehirn (genervt): „Ich geb' den Job bald ab. Dann könnt ihr sehen, wie ihr klarkommt!"

Niere: „Leute, bitte, denkt doch mal an mich oder auch an eure Gesundheit!"

Herz und Lunge (im Chor): „Da kommst du ein paar Jahre zu spät!"

Ohrwurm: "… da ruft der ganze Saal dasselbe noch einmal…!"

Unruhe: „Huhu!"

Blase: „Ich muss mal!"

Gehirn: „OH Mann, wir liegen doch gerade. Kannst du das nicht einhalten?"

Blase: „Ich kann´s versuchen, aber davon werden wir auch nicht schneller einschlafen!"

Magen: „Also wenn wir sowieso aufstehen…!"

Leber: „Bier ist auf dem Balkon!"

Pobacke: „Also entweder drehen oder aufstehen. Mir wäre beides recht."

Unruhe: „Jetzt?"

Gehirn: „Ruhe, verdammt. O.k. Blase, wir stehen jetzt auf und gehen zur Toilette. Und NUR zur Toilette!"

Magen: „Ich werde ständig diskriminiert!"

Linker Fuß (pikiert): „Ich halte das für eine blöde Idee."

Blase: „Die Toilette?"

Gefühle (empört): „Den Kühlschrank?"

Linker Fuß: „Beides! Ich bin gerade eingeschlafen."

Gehirn: „Toilette! Jetzt! Fuß: Sei vorsichtig!"

Gedächtnis: „Wo ist denn der Ohrwurm hin?"

Ohr: „Gedächtnis - Schnauze!"

Mund: „Bitte?"

Gedächtnis: „Sei nicht so unhöflich! Das erinnert an die Party im letzten Jahr!"

Ohrwurm: „… Ja das geht Humba, Humba, Humba…!"

Ohr: „Na klasse, da ist er wieder. Danke Gedächtnis!"

Gedächtnis: „Tschuldigung."

Gegen 23:30 Uhr hatte ich den Kampf gegen meinen Körper verloren. Nach der Toilette und einem halben Stück Kuchen (Gefühl und Magen protestierten lautstark) legte ich mich wieder hin. Ich weiß nicht, wie lange es dauerte, bis ich eingeschlafen war, aber zum Arbeitsbeginn am nächsten Morgen war mein Körper immer noch nicht richtig wach.

Missverständnis.

Die Frage der eigenen ‚Bekanntheit'
löst sich spätestens dann, wenn
man bei der eigenen Veranstaltung
Eintritt zahlen muss.

Das Ganze passierte im nörd-
lichen Schwalm-Eder Kreis. Auf einer Lesung, die ich in einem kleinen
Dorf in der dortigen Kulturscheune
gab. Und es war tatsächlich eine
Scheune, die zu einem Bauernhof
gehörte. Alle Absprachen zur Lesung hatte ich telefonisch getroffen. Der Besitzer sagte mir, es gäbe
nur einen Eingang zur Scheune.
Den über die Abendkasse. Dass das
zu einem Missverständnis führen

sollte, konnte ich da noch nicht ahnen.

Ich kam also, wie abgemacht, eine Stunde früher in dem kleinen Dorf an, suchte mir einen Parkplatz und legte die letzten Schritte zu Fuß zurück. Ich bin dann immer ganz froh, wenn ich nochmal eine Zigarette rauchen und mich mental auf den Abend vorbereiten kann.

Vor dem Eingang zum Hof sah ich auch mein Plakat, das ich dem Veranstalter geschickt hatte. Schick, dachte ich und setzte meinen Weg fort. Die Abendkasse bestand aus einem kleinen Tisch mit Geldkassette und einer jungen Frau, die auf einem Campingstuhl saß. Als sie mich entdeckte, stand sie auf und schaute mich erwartungsvoll an. Jetzt nahm das Verhängnis seinen Lauf. Ihr Blick fing sich an zu wandeln - von Erwartung zu Überraschung. Das irritierte mich. Rasch überlegte ich, ob ich sie kennen würde. Und ob ich ihr noch Geld schuldete oder der flüchtige Vater ihrer zwei Kinder wäre. Mir fiel nichts ein. Dann unterbrach sie mein angestrengtes Brainstorming:

„... das ist ja verrückt. Du siehst dem Typ, der hier heute lesen soll, total ähnlich!"

Bitte, wie? Ihre Aussage machte mich sprachlos. Ich stammelte:

„Äh,..., ja nein... wirklich?"

„Ja, sogar der unordentliche Bart. Hast du dich extra so zurecht gemacht? Bist du so ein Fanboy?"

Den Ausdruck „Fanboy" in meinem Alter zu hören ist schon skurril. Dann doch eher „Fan-Mann". Aber den Ausdruck gibt es wohl nicht. Innerlich schüttelte ich mich und wollte meine Taktik ändern:

„Ich glaube, das ist ein Missverständnis. ICH mache die Lesung heute, ich bin der auf dem Plakat."

Sie sah mich auf zusammengekniffenen Augen an, dann sagte sie resolut:

„Nee!"

Im gleichen Maße, wie sie ihre Augen zusammengekniffen hatte, riss ich meine jetzt auf.

„Doch, ehrlich… ich soll in ungefähr einer Stunde hier lesen!"

Sie musterte mich scharf und kam dann zu dem Schluss:

„Nein!"

… Pause…

„Du hast zwar Ähnlichkeit mit dem Typen, aber soooo ähnlich siehst du ihm jetzt auch nicht."

„Aber… !"

Sie unterbrach meine Entgegnung.

„Pass auf, wenn du hier rein willst, wirst du dir wie jeder andere eine Karte kaufen. Ansonsten (sie deutete zur Straße) - da ist die Tür!"

Ich war wirklich irritiert. Wenn ich noch ein Beispiel dafür brauchte, dass mich meine Schreibkunst nicht berühmt gemacht hatte, hier hatte ich sie. Ich entschloss mich, das Spiel mitzuspielen.

„Na gut, was kostet es denn?"

„Acht Euro."

Ich griff nach meinem Portemonnaie und gab ihr die gewünschte Summe. Dann konnte ich mich aber nicht zurückhalten und fragte:

„Der Typ, der heute hier liest - ist der gut?"

„Weiß nicht, ich hab seinen Kram noch nicht gelesen!"

Es könnte ja jemand verhungern!

Manch zartes Wesen kann unglaubliche Dinge verdauen. Meine Verdauung ist hochsensibel und ein andauernder Störfall.

Langsam müsste ich es ja besser wissen. Aber ich falle immer wieder drauf rein. Vermutlich ist daran mein ökologisches Gewissen schuld. Oder der Gedanke, dass Sie es ja sowieso besser weiß. Und dann verbringe ich wieder eine unruhige Nacht mit Bauchschmerzen und einem Darm, der einer Biogasanlage im Hochleistungsmodus gleicht und verfluche mein fehlendes Durchsetzungsvermögen.

Mein Unterleib wölbt sich als wäre ich hochschwanger und alle Organe unterhalb der Bauchdecke geben ungute, markerschütternde Geräusche von sich. Zumindest für mich! Neben mir liegt meine Herz-Dame, träumt von ihrem ‚Inga Lindström-Bachelor' mit Herrensitz im südlichen Norwegen oder Schottland und schnorchelt vor sich hin - der Inbegriff der Unschuld.

„Sie ist schuld, sie ist schuld…!" Mit diesem Mantra schleppe ich mich zur Toilette. Aber dieser Gang bringt nur unwesentliche Linderung, …ach was, das Lüftlein, das sich löst, ist nicht der Rede wert. Hinterlässt aber den

Eindruck, als ob im Bad ein Elefant verwest. Ich zwinge dem Raumspray Überstunden auf und verlasse das Bad erst, nachdem ich drei Minuten bei -5° C am offenen Fenster stand. Wieder ein Schritt näher zu dir - Grippe. An Schlaf ist im Moment nicht zu denken und wie immer begann alles ganz harmlos...

„Das kannst du noch essen, das ist noch gut! Ich hab dran gerochen.", bekam ich von der besten Lebensgefährtin von allen zu hören. Sie hatte die Bohnen vom Vortag mit Speck verfeinert. Im Prinzip eine tolle Idee. Aber: Den Speck hatten wir noch von ihrer Mutter. War wohl kurz nach Weihnachten.

Inzwischen bricht die zweite Januarwoche an. Leider leiden Mutter und Tochter an der gleichen Krankheit:

„Es könnte ja jemand verhungern!"

Dem einen oder anderen meiner Leser wird das Phänomen bekannt sein. Natürlich sorgt das dafür, dass wenn Besuch ansteht oder Feiertage sind, soviel Essen auf dem Tisch kommt, dass man die Horden Mordors satt bekommen würde.

Außerdem entsteht auf diese Weise eine Art Rückstau im Kühlschrank. Die Lebensmittel, die die beste Lebensgefährtin von allen eingekauft hat, drängen sich mit denen, die ich erstand habe, zusammen. Und dazwischen, wo auch immer Platz ist - tummeln sich die mitgegebenen Viktualien der Mutter. Leider haben wir beide die dumme Angewohnheit, Anja würde das bestimmt verneinen, frische Sachen vorn hinzustellen und Angebrochenes dadurch nach hinten zu schieben. So beginnt der erste Akt des Dramas.

Ein kleines Zwischenspiel sind die vielen kleinen bunten Dosen von dem amerikanischen Plastikhersteller, die sich in allen Winkeln des Kühlschranks ausgebreitet haben und irgendwas beherbergen.

Ich hab da schon lange den Überblick verloren. Und so kann es dann passieren, dass wir abends Wrestling im Fernsehen schauen und meine Regierung zu mir sagt:

„DU hast übrigens noch Hackauflauf von letzter Woche!"

Im Fernsehen hat der Böse den Guten gerade durch einen Moonsault zu Boden gebracht, einen Rückwärtssalto ganz oben vom Apron, also von einem Ständer in der Ringecke. Der Gute wird gerade angezählt, es wird brenzlig!… Und sie will über Hackauflauf sprechen… Na gut, den Hackauflauf haben wir für uns beide gekocht - warum habe ICH jetzt plötzlich Hackauflauf übrig? Es ist 22:45 Uhr - genau die richtige Zeit, in die Küche zu gehen und sich Hackauflauf aufzuwärmen! Und wo ist der Hackauflauf überhaupt? Als ich mir Abendbrot machte, hab ich nix gesehen. Die Antwort: „In der roten Tupper!"

Der Gute hat den Kampf fast verloren, der Ringrichter ist bei 8 - also gehe ich in die Küche und gucke in den Kühlschrank. Nach einigem Hin und Her finde ich drei rote Tupperbehälter. Einer ist für geschmierte Brote, das kann er auf keinen Fall sein. Der nächste enthält irgendwas Undefinierbares aus Gemüse - das ist bestimmt nicht mir. Der letzte den weisgesagten Hackauflauf. Aber jetzt noch? Mein Magen könnte es sich vorstellen. Verräter, denke ich und zwinge ihm Enthaltsamkeit auf. Mach ich sowieso viel zu selten.

Aber wie gesagt, bei Tupper habe ich schon längst den Überblick verloren und versuche auch gar nicht mehr zu ergründen, was sich in den Tiefen der bunten Vorratsdosen verbirgt. Ich nutze sie auch nicht gern, weil ich ganz selten den richtigen Deckel finde und dann krampfhaft versuche, das Runde mit dem Eckigen zu schließen. Hoffnungslos!

Der zweite Teil des Trauerspiels ist der überaus robuste Magen meiner besseren Hälfte. Ein Verfallsdatum bei Lebensmitteln ist ihr bestenfalls ein Vorschlag und die verschiedensten Verbraucher-ratgeber geben ihr Recht. Also werden solche Hinweise getrost ignoriert. Ihr Frühwarnsystem ist ihre Nase. Und da kennt sie auch keine Verwandten. Wenn ein Stück Schinken nicht nach drei Wochen Überlandfahrt im 38-Tonner mit ausgefallener Klimaanlage riecht, ist das noch gut. Und dann braucht sich der Herr auch nicht so anstellen - das kann man noch essen! Wir schmeißen sowieso viel zu viele Lebensmittel weg!!!

Und jetzt muss ich mich outen: Leider ist mein Magen eher eine Sissi. Das hab ich wohl von meinem Vater geerbt. Und der von seinem Vater. Also - ich bin unschuldig! Wenn etwas in der Familie meiner Weggefährtin ‚leicht gewürzt' ist, reichte es in meiner schon zu einer doppelten Gaumenverätzung. Obwohl meine Mutter gern scharf würzte, es aus Liebe zu meinem Vater dann aber nicht mehr tat. Ich bin ein Kind der Crème Fraîche…

Dazu kommt noch meine Einschränkung, dass ich die Hinweise der Lebensmittelindustrie bezüglich der Verfallsdaten einfach nicht unbeachtet lassen kann. Und wenn dann im Kühlschrank etwas ein bisschen seltsam aussieht, greife ich schon mal zur Biomülltüte.

Allerdings bin ich dann auch immer regelmäßig stolz auf meine Lebensabschnittsvergötterung, wenn wir auf dem Weihnachtsmarkt sind und sie bei einem Bratwurststand, der ungeniert damit Werbung betreibt, dass er die schärfsten Bratwürste westlich von Moskau hat, sich so einen Stängel holt, ihn ohne mit der Wimper zu zucken verdrückt und danach sagt: „War ja ein bisschen lasch!"

Und so wird das Drama perfekt. Ihr ‚metallverdauendes' Organ gegen meinen ‚Teletubbie'-Magen. Meist endet die Geschichte wie oben beschrieben. Ich hab den Kampf gegen das Essen verloren, bin im Vorfeld schon von meinem eigenen Magen verraten worden, weil die Mahlzeit ja doch so verführerisch roch und meine Heldin mir versprach, dass alles noch essbar wäre. Verbringe eine Nacht mit heldenhaftem Leiden und dem Vorsatz: „Sollte noch etwas übriggeblieben sein - werde ich das morgen verbrennen!"

Aber es bleibt beim Vorsatz. Am nächsten Morgen, wenn mich Anja nach meiner Nacht gefragt hatte und ich von meinem Kampf für Peristaltik berichtet habe, bekomme ich zu hören, dass sie die Reste noch gegessen hat. Meine Frage nach ihrem Befinden wird mit einem Achselzucken abgetan:

„Gut. Warum fragst du?"

Callcenter.

Datenkraken überall! Vermutlich
arbeitet Sanifair auch schon
an einem Konzept.

Ich hasse es, wenn ich in der Warteschleife meines Telefonanbieters, einer Versicherung oder der Autowerkstatt lande. Zuerst kommt die Ansage, dass man sich wahnsinnig über meinen Anruf freue. Je nachdem, wie seriös der Anbieter ist, wird dieser Satz mehr oder weniger höflich verklausuliert. Dann bekomme ich mehrere Möglichkeiten:

„Drücken Sie die 1, wenn Sie mit einem Kundenberater sprechen möchten."

„Drücken Sie die 2, wenn Sie Ihren Kontostand wissen wollen."

„Wenn Sie sich über unsere neuesten Tarife informieren wollen oder um Ihren Tarif zu wechseln, drücken Sie die 3."

„Mit der Raute-Taste kommen Sie zurück ins Hauptmenü."

In Gedanken sagen ich dann zu mir: „Für die Selbstzerstörung - essen Sie bitte Ihr Telefon. Wir garantieren: 100% glutenfrei!"

Und dann kommt es darauf an, welche Nummer man gedrückt hat. Da habe ich meistens Pech und lande ich in der Warteschleife mit dieser fürchterlichen Musik. Grausam! Und die wird dann auch immer wieder aufs Neue wiederholt. Stundenlang! Ich kann noch nicht mal raten, welcher Titel hier verunstaltet wird.

Man fragt sich unweigerlich, ob die deutschen Medienagenturen Unterabteilungen für schlechte Jingles haben. Und dann stell ich mir vor, wie in einem heruntergekommenen Romantik Hotel im Detmolder Gewerbegebiet Preisverleihungen abgehalten werden.

Bei halb gedämpftem rotem Lampionlicht werden Rotkäppchen Sekt und Käsehäppchen von Aldi West gereicht. Ausgezeichnet wird der Jingle mit den meisten Kundenbeschwerden. Und der bekommt einen goldenen verbogenen Notenschlüssel und eine Schlüssel Pommes rot-weiß. Bevor ich mir noch Gedanken darüber machen kann, wer wohl für das Unterhaltungsprogramm zuständig ist, stoppt der akustische Missbrauch, ich höre ein Knacken und eine übermäßig freundliche Stimme, die sich anhört, als wäre sie gerade frisch geduscht aus einem 2-wöchigen Bahamas Urlaub mit Vollpension zurückgekommen, wünscht mir einen „Guten Tag". Ich setze an und werde prompt von der Stimme unterbrochen: „Leider sind alle unsere Kundenberater beschäftigt. Sobald aber…"

Der Rest der Ansage geht in dem Rauschen unter, das durch mein Innenohr schwappt. Mein Bluthochdruck schlägt zu. Jetzt hänge ich schon geschlagene 45 Minuten in dieser Warteschleife. Vermutlich zähle ich damit noch zu den „Warteschleifen-Anfängern" und trotzdem fühle ich meine Lebenszeit in einer unsichtbaren Sanduhr durchrieseln. Meine überbrodelnde Wut will ich am Telefon auslassen. Jeder Muskel in meiner Hand, dem Unterarm und Oberarm spannt sich an und ich versuche, den Hörer zu zerquetschen, so wie Raimund Harmstorf die Kartoffel in „Der Seewolf". Dem Telefon ist das völlig gleichgültig - noch nicht mal das Plastik knackt und dann vernehme ich einen krampfartigen Schmerz in den Fingern. Leise ertönt die Warteschleifenmusik, während mein Arm kraftlos auf den Schreibtisch sinkt.

Die schlimmste Warteschleifenmusik meines Lebens, fällt mir dann ein, habe ich mal im Urlaub in einem arabischen Hotelfahrstuhl gehört. Ich wohnte ganz oben im fünften Stock und der Fahrstuhl überzeugte mit überwältigender

Langsamkeit. Da es kurz vor Weihnachten war, spielte der Fahrstuhl natürlich Weihnachtsmusik. Eine fürchterlich verpoppte Version von Jingle Bells. Es war, als ob Frank Sinatra, Modern Talking und Ernst Mosch eine unheilvolle Allianz eingegangen wären. Und der Fahrstuhl ließ sich wirklich Zeit. Ich konnte mir also jeden Takt einprägen und ertappte mich dabei, wie ich das musikalische Horrorstück auf dem Weg zum Zimmer leise vor mich hin summte.

Die Erinnerung daran gibt meiner Wut neue Nahrung. Bevor ich mich am Porzellan meiner Freundin, der besten von allen, vergehe, entschließe mich, etwas

Sinnvolles zu tun. Sonst erleide ich hier im Service-Hotline-Land noch Schiffbruch.

Geschirrspüler ausräumen, Blumen gießen oder Fenster putzen... lade dann Candy Crush. Muss dringend Level aufholen. Meine Lebensgefährtin hat da schon einiges an Stufen vorgelegt - den Abstand darf ich nicht zu groß werden lassen. Außerdem grinst sie immer so selbstgefällig, wenn sie wieder mal einen Level geschafft hat. Das stört mich!

... Irgendwann wird mein Rekordversuch - waren es 10 Minuten oder 2 Stunden? - von einer Stimme unterbrochen…

„.. Hallo? Hallo - ist da jemand?" Ich reiße das Telefon ans Ohr und brülle:

„Ja,… , ja, ich. Äh… Rossbach. Ich bin Kunde. Ich hätte eine Frage zu …"

Auch diese Stimme unterbricht mich:

„Hallo Herr Rossbach. Ich dachte schon, es ist keiner mehr dran. Eine kurze Erklärung vorab: Um unseren Service für Sie zu verbessern, sieht unser Qualitätsmanagement die Aufnahme verschiedener Kundengespräche vor. Die Daten, die dabei erhoben werden,

werden bei uns gespeichert und keinem Dritten zur Verfügung gestellt und spätestens nach vier Wochen gelöscht. Es entstehen dadurch keine Kosten für Sie und anschließend können Sie bestätigen, dass ich Sie in diesem Beratungsgespräch sehr gut beraten habe. Sind Sie damit einverstanden, dass wir Ihr Gespräch aufzeichnen?"

Ha, die Stimme hat mich noch nicht zu Wort kommen lassen und ist jetzt schon davon überzeugt, dass sie mich *sehr gut* beraten wird. Natürlich, diese Callcenter-Stimme steht vermutlich auch ganz unten in der Nahrungskette. Die hat auch ihre Vorschriften und Auflagen. Aber woher nimmt sie die Gewissheit, dass ihre Beratung *sehr gut* wird? Und wenn ‚verschiedene' Gespräche aufgezeichnet werden - warum dann immer meine???

Ich hasse es schon, wenn ich an einer Baumarktkasse nach meiner Postleitzahl gefragt werde. Ich sing auch nicht: „Yippie-Yaya-Yippie-Yippie-Yeah!", wenn ich den Markt verlasse und meine Postleitzahl lautet: 666! Und nur weil ich mal Ketten und Holz im Baumarkt geholt habe, heißt das nicht, dass ich Heimwerker bin und jetzt zielgerichtete Werbung haben möchte!

Die Stimme erwartet meine Antwort. Ich schwanke zwischen Schicksalsergebenheit und ungehorsamem Bürger. Dann bekomme ich einen Geistesblitz und antworte:

„Auch von mir: Nochmals einen guten Tag. Es freut mich, dass ich gerade mit Ihnen spreche. Auch ich habe den Vorsatz, unsere Zusammenarbeit *sehr gut* zu gestalten. Zu diesem Zweck muss ich Sie um Ihre Erlaubnis bitten, dieses Gespräch aufzuzeichnen und für eine spätere Auswertung zu speichern. Die Speicherung wird keine sechs Monate überdauern und wird Dritten nur dann zur Verfügung gestellt, wenn meine Freundin gerade Home Office macht. Ich kann die Gute ja nicht gerade ausklammern. Die Katze könnte auch etwas mitbekommen. Aber die ist zur Verschwiegenheit verpflichtet! Wenn Sie weitere Fragen haben, drücken Sie an Ihrem Telefon einfach die 1."

Das Schweigen auf der anderen Seite hält einige Augenblicke an. Ich höre ein nervöses Räuspern, dann ein:

„Entschuldigung, wie war das?"

„Ich bat Sie um Ihre Erlaubnis, dieses Telefonat zwecks späterer Auswertung aufzeichnen zu dürfen."

„Dieses Telefonat?"

„Ja, Sie haben doch bestimmt schon von Qualitätsmanagement gehört. Sie machen das doch auch."

Es folgte weiteres Schweigen... dann:

„Also, es tut mir leid, ich weiß nicht, ob das mit unserer Geschäftsordnung vereinbar ist."

„Oh, ja, das verstehe ich, aber bitte verstehen Sie mich auch: Ich muss mich ja auch an eine Geschäftsordnung halten."

„Also, ich weiß nicht..."

„Ach bitte, Sie halten im Moment den ganzen Betrieb auf."

„Nee, da muss ich erst mit meinem Vorgesetzten sprechen."

„Wenn Sie so viel Zeit haben. Ich meine, es dauerte ja schon lange genug, bis ich Sie an der Strippe hatte."

„Na ja, Sie können sich vielleicht vorstellen, dass hier immer viel los ist."

„.. Und jetzt soll ich wieder warten? Für einen Vorgang, den Sie ja auch betreiben? Ziemlich unhöflich! Sie stellen sich ja an wie Mark Zuckerberg und Facebook!"

„Bitte?"

„Sie wollen doch meine Daten haben, um das Gespräch hier weiterzuführen. Daten, die Ihre

Firma übrigens schon hat. Und Sie wollen das Gespräch aufzeichnen. Da ist es doch eine Kleinigkeit, wenn ich von Ihnen das Gleiche verlange. Quid pro quo."

In der Leitung wird es still. Ich erwarte die Antwort der Callcenter-Stimme. Dann, nach einiger Zeit ein:

„.. Arschloch!"

Ein Knacken in der Leitung und die Verbindung ist abgebrochen. Ich denke so bei mir:

„Echt unfreundlich. Aber ich wollte ja sowieso kündigen!"

Heiler unerwünscht!

Kirschen im Nachbarsgarten
sind immer besser als
die eigenen. Das gilt auch
für Physiotherapeuten!

Habe ich es schon mal erwähnt? Ich bin eigentlich Physiotherapeut. Ich kenne verschiedenste Behandlungsmethoden für alle möglichen Wehwehchen. Das reicht von Kopfschmerzen bis zum Hallux valgus, also der Fehlstellung der Großzehe. Von Rehamaßnahmen bei Schlaganfall oder Herzinfarkt bis zur Diabetesbehandlung und allen möglichen Arten von Frakturen. Und wenn ich etwas nicht weiß, so kann ich es im

Internet oder in verschiedenen Chatgruppen erfragen. Als ich noch in einem Hospital arbeitete, konnten die Patienten zu Recht von mir erwarten, dass ich ihre Schmerzen durch meine Übungen in den Griff kriege. Über die Bereitschaft des Leidenden auch zu Hause die Übungen weiter zu machen, will ich hier gar nicht reden. Wenn Sie selbst schon mal Übungen als Hausaufgaben weiter machen sollten, dann wissen Sie ja, wovon ich rede! … „Zwinkersmiley"

Leider ist die Bereitschaft, sich meinen heilenden Händen hinzugeben, in meiner Familie nicht sehr stark ausgeprägt. Außer, wenn es um Massagen geht. Da werden meine Kenntnisse gern in Anspruch genommen. Wobei, als ich irgendwann mal meinen Vater massieren sollte, weil er

a.) Schmerzen hatte und

b.) seine Frau das so wollte

(Entscheiden Sie bitte selbst, welches Argument ausschlaggebender ist),

habe ich selten so schnell ein „So, jetzt reicht´s!" gehört wie von ihm. Ich hatte gerade die ‚Einführungsrunde' beendet und wollte mich seinen Schmerzpunkten widmen, ich hatte also gerade mal angefangen, als er sich hochstemmte und die Massage abbrach. Das war damals mein persönlicher Rekord. Im Stillen wünschte ich mir, dass der eine oder andere Patient von mir auch so reagieren würde.

Kurz dachte ich über meine Behandlung im Speziellen und meinen Vater im Allgemeinen nach, dann brach ich die Massage ab. Ist ja auch wenig zielführend, dass man weiter massiert, wenn der zu Massierende schon von der Massagebank gesprungen ist und sein Unterhemd wieder halb angezogen hat. Es versteht sich von selbst, dass diese Behandlung kaum etwas gebracht hatte und ein weiterer scheinbarer Beweis dafür wurde, dass Massage nicht wirkt.

Aber richtig schlimm wird es, wenn es an Übungen geht:

- Gerade in der eigenen Familie.

- Gerade bei meiner von mir vergötterten besseren Hälfte.

Es fing auch hier ganz harmlos an. Der Fitnesswahn hatte sich bei ihr mal wieder Bahn gebrochen und die magischen Buchstaben ‚BBP‘ dominierten einen Teil ihrer Freizeit. Für Fitnessverweigerer und Uneingeweihte: ‚BBP‘ - Bauch-Beine-Po-Kräftigung. Dazu kam eine - allerdings aus medizinischen Gründen - vegane Ernährung. Außerdem kaufte sie sich ein Fitness-gerät. Einen Crosstrainer. Damit konnte man gleichzeitig seine Arme und Beine malträtieren. Ich durfte das Teil, mit ihr zusammen, in den dritten Stock eines Altbau-hauses in Berlin tragen. Da hatte ich mein Fitnessprogramm für das nächste halbe Jahr schon mal ge-schafft!

Wenn wir dann miteinander telefonierten (Fernbeziehung) be-kam ich zu hören, dass sie die 15 Ki-lometer der Männer beim Biathlon mitgelaufen ist. Allein bei den Wor-ten „15 Kilometer" bekam mein Verstand einen Schluckauf. Mir wurde schwindlig und ich musste mich hinsetzen.

Und dann kam der Tag, an dem sie mich fragte, ob ich ihr nicht ein paar Übungen zeigen könnte.

„Na klar, nichts leichter als das", sagte ich.

Oh, ich armer, ahnungsloser Tor. Ich hatte wirklich angenommen, ich könnte einer Lehrerin etwas beibringen. Tatsächlich ist es einfacher, einem Albatros eine vernünftige Landung zu erklären, einem Blinden Farben zu vermitteln oder die Kasseler Stadtverordnetensitzung dazu zu bringen, dass sie mal was Schönes bauen. Und tatsächlich kam es sogar soweit, dass ich an meiner Fähigkeit, Kräftigungs- und Ausdauerübungen zu vermitteln, zweifelte. Das sollte aber erst später folgen.

Den ersten Anweisungen folgte sie anstandslos und ohne zu meckern. Der Vorteil war, dass sie die Übungen im Wohnzimmer machte, indem ich mich auch meist aufhielt. So blieb es nicht aus, dass während sie ihre Ausdauer stählte, in mir der Physiotherapeut erwachte und ich immer mal wieder Korrekturen oder Tipps gab, wenn ich die Übungen nicht mitmachte. Und dann beschwerte sie sich bei mir, dass ich während der Übungen immer so schwer atmete. Ich war

irritiert und erwiderte dann ungehalten:

„Ich schnaufe nicht - das nennt sich
Lippenbremse. Das sorgt dafür,
dass man nicht in Luftnot gerät!"

Und nach ein paar Tagen erwachte in ihr der Widerstand. Jetzt
hörte ich solche Sachen wie:

„Ich mache es doch genau so,
wie du es mir gesagt hast!" (Das tat
sie nicht und wenn ich ihr die
Übung SO gezeigt hätte, wäre es
das Beste, ich würde meine Aner-
kennungsurkunde zurückgeben.)

„Ich mache die Übungen genau so, wie sie mir in meiner App
gezeigt wurden!" (Oha, Siri und
Alexa wollen mir also meinen Job

streitig machen. Und natürlich gab es von einer Maschine auch keine Korrekturanweisung.)

„Ich hab das gegoogelt und die machen das ganz anders!" (siehe oben.)

Unsere Trainingsstunden wurden immer mehr zu einer Daily Soap. ‚Ehen vor Gericht' und ‚Zuhause im Streit' oder so ähnlich. Manchmal hatte es auch was von ‚Schillerstraße'. Irgendwann machten wir kaum mehr gemeinsam Übungen und ich dachte: „Was soll's... mache ich doch lieber Übungen mit meinen Patienten, die machen ihre Übungen auch nicht, aber ich muss mich nicht rechtfertigen und kann ihnen erfolgreich ein schlechtes Gewissen machen!"

Doch so ein bisschen war ich schon in meinem Ego getroffen. Eine App und eine Computerspielekonsole sollten meinen Job also besser machen als ich?! Ich schaute mir das Programm an, ließ den kompletten Abspann durchlaufen, um zu schauen, ob sich irgendein Arzt, Fitnesstrainer oder sonst wie geschulter Physiologe beim Erstellen des Programms beteiligt hat. Fehlanzeige!

Und dazu kam eine Lehrerin ohne Sportstudium, die glaubte, gymnastische Übungen besser zu verstehen und umzusetzen als ein Physiotherapeut mit Abschluss.

Später hatte ich immer dann meine Sternstunden, wenn sie mir ihre Schmerzen klagte und ich sie dann nach ihren Übungen fragte. Meist war meine Antwort dann: „Kein Wunder, wenn du die Übungen so durchziehst."

Inzwischen hat ihr Gymnastikdrang ein wenig nachgelassen und ich halte mich dann auch tunlichst zurück. Wenn sie in meiner Gegenwart Übungen macht, frage ich schon mal, warum sie eine Übung so oder so macht. Ganz selten mache ich Verbesserungsvorschläge oder weise sie auf Fehler hin. Ihre möglichen Antworten weiß ich ja.

Aber zumindest weiß ich, wo sie es her hat. Letztens fuhr ich ihre Mutter zur Nachkontrolle in ein Krankenhaus, weil sie sich den Arm gebrochen hatte. Da geschah es: Die Mutter wurde fast hysterisch, als ich ihr aus dem Auto helfen wollte.

„Nein, nein, ich habe meine Methode, ich mach das schon!"

Um es kurz zu machen: Schön ist was anderes - Physiologisch auch! Sie stemmte sich aus dem Wagen, ächzte und machte sich das Aussteigen selbst schwer. Ich stand daneben und dachte nur… nee, ich dachte nix. Ich resignierte.

Heiler sind halt unerwünscht.

Liebes amerikanisches

Herrenmagazin.

Das amerikanische Herrenmagazin
wollte es nicht drucken. Aber
ich wollte es dem/der geneigten
LeserIn nicht enthalten.

Eigentlich müsste ich „Lieber deutscher Bruder des amerikanischen Herrenmagazins" schreiben. Wir kennen uns jetzt schon seit einigen Jahren und haben, wie in jeder Freundschaft, eine wechselhafte Beziehung zueinander. Ich habe dich zwischendurch immer mal wieder für Jahre aus den Augen verloren und dann hast du es doch irgendwie geschafft, meine

Aufmerksamkeit auf dich zu lenken.

Ich weiß noch, wie ich dich zum ersten Mal in den Händen gehalten habe. Zwar habe ich dich schon vorher gesehen und du warst für mich der Inbegriff einer verbotenen Frucht, aber in dem Alter, in dem ich war, hätte ich dich nie kaufen können. Und dann kam der besagte Tag im Jahr 1978. Du warst 25 und ich 13. Das war so die Zeit, als ich feststellte: Ok, Mädchen können zwar nicht Fußballspielen und interessieren sich auch nicht für Geschichte (zu dem Zeitpunkt bekam ich meine ersten Geschichtswälzer), aber macht ja nichts. Ihre unterschiedliche Anatomie wurde für mich immer interessanter.

Da traf es sich, dass es in der Nachbarschaft einen Freund gab, der Zugang zu dir hatte. Mein Kumpel mopste seinem Vater gern die neuesten Exemplare und teilte mir die wichtigsten Fakten über CB-Funk mit. Tja, aber nur darüber zu hören und nichts zu sehen war auf die Dauer schon öde. Allerdings erzählte mein Freund mir sofort, dass er hauptsächlich die Reportagen und Interviews lesen würde. Und im Zusammenhang mit deinem Inhalt bekomme ich diese Aussage auch heutzutage immer wieder zu hören.

Ich brachte den Freund also dazu, dich in einer Plastiktüte zu verpacken und mir an einem verschwiegenen Ort zu übergeben. Und so hielt ich dich zum ersten Mal in meinen Händen - meine verbotene Frucht! Aber ich sollte nicht lange Freude an dir haben. Ich hatte die Rechnung ohne den Webrahmen, der Waldorfschule und meiner Mutter gemacht. Und das kam so:

Meine große Schwester hatte wohl Mitte der sechziger Jahre einen Webrahmen geschenkt bekommen. Allerdings hielt sich ihre Begeisterung für dieses Geschenk in Grenzen. Solange ich denken konnte, lag dieser Rahmen wohl verpackt immer auf einem Schrank. Zu dem Zeitpunkt des jetzt beschriebenen Vorfalls war mein Kleiderschrank als Aufbewahrungsort auserkoren. Kein Mensch hatte sich seit Jahren um das Handwerksgerät gekümmert - für mich das ideale Versteck für die verbotene hüllenlose Intellektuellenlektüre! Nun wollte es der Zufall, dass zu dem gleichen Zeitpunkt eine Waldorflehrerin bei uns im Haus wohnte. Und irgendwie hatte meine Mutter es geschafft, das Interesse der Frau auf den Webrahmen zu lenken. Ich weiß nicht wie, aber irgendwann kam sie in mein Zimmer und sagte, dass sich die

Waldorflehrerin mal den Webrahmen anschauen wollte. Mir wurde
sofort heiß und kalt, ich wurde
hochrot und versuchte vor meiner
Mutter den Webrahmen vom
Schrank zu holen und dich irgendwie verschwinden zu lassen... ohne
Erfolg! Wortlos blätterte sie dich
durch und dann brach ein Donner-
wetter über mich herein. Ja, was
dich betraf, war meine Mutter in
den 70er Jahren nicht ganz so libe-
ral. Glücklicherweise durfte ich
dich deinem Besitzer noch zurück-
bringen. Das wäre für mich sonst
der Gipfel der Peinlichkeit gewesen.

Danach herrschte erst mal
Funkstille zwischen uns beiden und

ich konnte dich nur sehen, wenn ich dich in der Auslage eines Kiosks entdeckte. Erst als ich als Austauschschüler ein Jahr in den Staaten verbrachte, lernte ich deinen amerikanischen Bruder kennen. Und ich kann dir sagen, der ist ein bisschen zeigefreudiger als du.

Auch während meiner vierjährigen Bundeswehrzeit warst du dabei. Deine Poster zierten nicht nur meinen Spind, sondern auch die Wand hinter meinem Bett. Aber es waren die 80er und manche Vorgesetzten waren von deiner Anwesenheit nicht begeistert. Wenn heutzutage dein Logo BW-Waffensysteme ziert, zeigt das schon eine Veränderung. An meinem ersten Stationierungsort verbot der Bataillonskommandeur dein Logo an den Panzern und am zweiten Standort musste ich alle deine Poster abnehmen, als Kompanieüberprüfung war. Tja…

In den Neunzigern gab es dann auch eine Zeit, in der ich dich recht intensiv gelesen habe. Da hab ich mich ganz klar zu dir bekannt. Und prompt hörte ich es wieder: Man lese ‚diese Zeitschrift‘ hauptsächlich wegen der guten Reportagen, Testberichte und Interviews. Äh, …, ja, äh, … genau!

Mir ist eine Geschichte aus den 90ern noch gut in Erinnerung: Von meiner damaligen Freundin bekam ich zum Geburtstag eine Ausgabe von dir geschenkt. In der Praxis, in der wir damals gemeinsam arbeiteten, vor allen KollegInnen. Gekauft in dem Kiosk neben der Praxis, in dem ich meine Zigaretten holte. Als ich dich entpackte, war ich sprachlos und es war mir ein bisschen peinlich, dich vor allen Anwesenden hervorzuholen. (Frage mich nicht warum - ich kann es dir nicht mehr sagen!) Was mich aber überraschte: Gerade alle anwesenden Damen sagten:

„Ach, wie toll!" und

„Den wollte ich mir auch immer mal holen!" und

„Von der Freundin geschenkt? Das ist ja lieb!"

Und mir schoss das Rot ins Gesicht…

Und dann kamen die 2000er. Ich hatte angefangen zu fotografieren. Ich fotografierte alles. Nichts war vor mir sicher. Bäume, Hydranten, Wasserpfützen. Und dann versuchte ich Bilder zu komponieren und arbeitete an Composings. Ich schielte auch immer wieder auf das, was du präsentiertest. Also musste ich Menschen fotografieren. Das tat ich dann. Ebenso Akt.

So entstanden einige gute Bilder - leider auch eine Menge Mist. Aber du hast mich angespornt!

Inzwischen bin ich bei Ausgabe 09/2020 gelandet und bin ich bisschen von mir selbst überrascht. Tatsächlich hab ich mir die Ausgabe wegen der Doppelseite über Charles Bukowski geholt. Mit dem Schriftsteller verbindet mich inzwischen eine Art Hass-Liebe und ich dachte, du hättest vielleicht etwas Neues ausgegraben. Leider nicht. Aber ganz ehrlich: Das stelle ich mir bei Bukowski inzwischen schwierig vor. Also, nichts für ungut.

Aber mir sind dann doch Dinge aufgefallen: Nichts gegen die Dame, die du auf Seite 13 für die

Werbung des Kalenders deines Fotografen ausgewählt hast, aber man sieht, dass sie den Bauch einzieht. Eine andere Pose und die Werbung wäre in meinen Augen gelungener.

Ford Mustang ist cool. Ob neu, ob alt. Das wäre genau mein Ding. Aber 450 PS? Da kann man ja froh sein, dass man in Deutschland wohnt, wo es immer noch Autobahnen ohne Tempolimits gibt oder zumindest Teilstrecken. Oder man muss auf eine private Teststrecke. Aber 450 PS? Ich wäre schon mit 300 PS weniger zufrieden. Dann hast du über den Ferrari SF90 STRADALE berichtet, ein Plug-in-Hybrid mit 1000 PS Motor. Tja, die Bilder hab ich mir angeschaut und festgestellt: Spätestens beim Preis ist das nichts mehr für mich. Ich hätte eine Bitte: Ich weiß nicht, wann du das letzte Mal über Elektrosportwagen berichtet hast, aber das wäre höchst interessant. Porsche, BMW, Tesla - da tut sich was! Obwohl sich auch die elektronischen Pferdestärken im hohen dreistelligen Bereich bewegen. Bleibt eigentlich gehuppt wie gesprungen. Nach, Verzeihung, Wirtschaftlichkeit sollte man da wohl nicht fragen.

Jaaa, und dann bin ich über deinen Rezeptvorschlag gestolpert: Italienische Sommer-Pasta von Gennaro Contaldo! „Garganelli con Ragù Bianco di Vitello" - Garganelli mit weißem Kalbsragout. Das wollte ich ausprobieren. Das ist bestimmt klasse, dachte ich und so außergewöhnlich fand ich die Zutaten nun auch nicht. Leider sahen das drei hiesige Einkaufszentren nicht so. Ich scheiterte an den Nudeln (Pasta Garganelli) und dem Kalbshackfleisch. Tenor der Einkaufszentren: „Das haben wir nur, wenn wir Rinderwoche haben!"

Darauf wollte ich nicht warten. Ich nahm Penne Rigate und anstelle des Kalbshackfleischs Rinderhack. Das Ergebnis war gelinde gesagt grausam und furztrocken! Nun spare ich gerade auf das erwähnte

Kochbuch des Meisters. Vielleicht hilft mir das ja, solchen Fallstricken demnächst zu entgehen.

Aber ich will ja nicht nur meckern: Ich musste feststellen, dass ich inzwischen auch zu der Gruppe von Lesern gehöre, die dich gerne wegen der Interviews und Reportagen lesen. Gerade die Interviews mit Matthias Schweighöfer und Chris Pine fand ich großartig.

Und jetzt noch ein Kompliment zu den nackten Fakten: Erstmal habe ich als Hobbyfotograf festgestellt, dass es gar nicht so einfach ist, einen nackten Körper in Szene zu setzen. Von daher ‚Hut ab‘ vor allen Beteiligten an deinen

Shootings. Das ist wirklich harte Arbeit! Außerdem habe ich festgestellt, dass dein Retuschewahn sehr nachgelassen hat und das freut mich. Es gab Zeiten, da waren deine Fotos nicht zum Anschauen, weil deinen BildbearbeiterInnen das Stifttablet durchgegangen ist. Das war nicht schön! Das hat scheinbar nachgelassen und das empfinde ich als positiv. So konnte ich in der letzten Ausgabe, die ich mir kaufte, die Aufnahmen wirklich genießen.

Wir haben jetzt unser 42stes Jubiläum gefeiert. Wir haben uns beide verändert. Ist nicht schlimm. Ich komme immer wieder gern auf dich zurück, wenn ich mir mal was Besonderes gönnen will. Und das will ich nicht missen. Ich freue mich auf die nächsten 42 Jahre!

Dein Frank

Zum Abschluss etwas Ernstes und gleichzeitig Nostalgisches. Diese Geschichte ist meine Liebeserklärung an Hachenburg, eine Kleinstadt im Westerwald mit über 6000 Einwohnern. Die Stadt war Sitz des Adelsgeschlechts der Grafen von Sayn und Geburtsort meiner Mutter. Und seit Jahren zieht es mich immer wieder dorthin. Früher häufiger als heutzutage. Das liegt nicht nur an Corona. Aber doch ist es für mich immer wieder was Besonderes, wenn ich nach Hachenburg kann. Der Ort ist auch ein sehr schönes Beispiel, dass Blut dicker als Wasser ist. Zu den Verwandten, die in Hachenburg wohnen, haben wir (meine Familie und ich) immer noch ein besonderes Verhältnis. Ist in den heutigen Tagen ja nicht immer so.

Diese Geschichte habe ich schon in den sozialen Netzwerken veröffentlicht und das Echo hat mich sehr überrascht. Also hab ich mich dazu entschieden, sie hier auch nochmal aufzuschreiben.

Ich möchte die Geschichte meiner Mutter Elisabeth, meinem Onkel Udo und den anderen Verwandten in Hachenburg widmen. (Würde ich die jetzt alle aufzählen, wäre die Seite voll! Dazu müssten dann nämlich auch alte und neue Freunde im Westerwald kommen. Aber die ‚Betroffenen' wissen hoffentlich, wen ich meine.)

Mein Hachenburg.

Kannst du dich noch an die Kindersendung „Ferien auf Saltkrokan" erinnern? Da ging es um ein kleines Mädchen, Tjorven, das auf einer schwedischen Insel lebt und zahlreiche Abenteuer mit den anderen Kindern der Feriengäste erlebt. So kamen mir meine Besuche in Hachenburg immer vor.

Ziel unserer Familienreisen war die Hachenburger Siedlung. Ich weiß gar nicht, ob man die Liegnitzer Straße und Umgebung heutzutage immer noch als Siedlung bezeichnet - bei der Menge an Neu-bausiedlung! Auf jeden Fall hatte dort meine Oma mit ihrem Mann seit den 30er Jahren ein kleines Einfamilienhaus. Und wenn das Haus voll war, tobten sechs Kinder durch die Zimmer. Später, als wir in den Ferien unsere Oma besuchten, wohnten nicht mehr alle Onkel und Tanten in dem Haus, aber mit zwei Erwachsenen und vier Kindern aus Kassel war es richtig voll.

Was Hachenburg als Urlaubs-oder Ferienort allererster Güte auszeichnete, waren für uns Kinder nicht die Luft oder die ländliche Umgebung oder die Ruhe, sondern viele andere Kinder zum Spielen und Omas selbstgemachter Streuselkuchen! Mindestens zehn Kinder und Jugendliche machten dann die Umgebung gemeinsam unsicher. Obwohl sich das jetzt doch sehr dramatisch anhört.

Immer wieder gab es spannende Erlebnisse: Angefangen beim Bau von Hüttchen in dem kleinen Wald, wenn man dem Ziegelhütter Weg weiter Richtung Stadtausgang folgt, über Staudämme bauen am kleinen Oberbach oder Expeditionen entlang des schmalen Gewässers, gefolgt von unfreiwilligen Vollbädern. Verstecken spielen mit den anderen

Kindern aus der Siedlung oder ‚Entdeckungsreisen' samt Ausgrabungen im nahen Wald.

Unterbrochen wurden wir am Vormittag meist vom Klingeln des grauen VW Transporter Bullis des Bäckers, der seine Waren sogar bis in die Siedlung brachte. Wie der Bäcker hieß, das weiß ich leider nicht mehr. Was ich noch weiß, und was auch viel wichtiger für einen Jungen von 6 - 10 Jahren war, ist, dass seine Apfeltaschen die besten waren, die ich je gegessen hatte. Süß, klebrig, mit einem wunderbaren Zuckerüberzug und herrlichem Apfelbrei als Füllung. Von denen war ich so begeistert, dass ich zu einem späteren Geburtstag meine Mutter bat, welche zu backen. In meiner kindlichen Erinnerung kamen sie aber überhaupt nicht an das Westerwälder Original heran. Im Nachhinein würde ich gerne wissen, wie der Bäcker hieß, ob es ihn noch gibt und ob er ein Online-Angebot macht.

Spannend waren auch die Sonntage, wenn Frühschoppen bei Frau Jansen im Stadtrandcafé war. Teile der Verwandtschaft waren natürlich als Gäste vertreten. Wenn man dann ‚ganz spontan' da hinkam, bekam man schon mal ein Glas Limo oder Cola und natürlich die besten Drops. Der Geruch von frisch gezapftem Bier, Zigaretten-

oder Zigarrenqualm und Rasierwasser hat dafür gesorgt, dass ich immer wieder daran denken musste, wenn ich später in eine Kneipe kam. Leider schützte das Frau Jansen nicht vor kleinen Streichen. Zu Ostern wollten wir nämlich wissen, wer am ehesten in ihr kleines, offenes Dachfenster trifft. Ich war es nicht, weil ich damals noch nicht so hoch und so weit werfen konnte. Unsere Wurfgeschosse, Ostereier, wollte ich auch lieber essen. Ich kann mich auch noch erinnern, dass nicht das erste Ei das Ziel traf. Allerdings weiß ich noch, wer als erstes traf. Das war… nein, … das möchte ich dann doch nicht sagen. Aber ich würde mich gern im Nachhinein dafür entschuldigen. Das war nicht wirklich nett von uns!

Eine Expedition, die wir mit anderen Kindern zur nahegelegenen Abtei Marienstatt machten, war dann für mich schon eine Herausforderung. Das waren ca. fünf Kilometer. Für mich zog sich damals jeder Meter. Aber vor den Großen wollte ich nicht klein beigeben. Vielleicht liegen da die Wurzeln dafür, dass ich heutzutage so ungern spazieren gehe.

Unsere Mütter hatten uns Fresspakete gemacht, die wir nach dem langen Marsch, ich glaube am Mühlgraben mit Blick auf die Abtei, aßen. In meiner Erinnerung haben wir diesen ‚Marsch' in den Ferien wohl ein-, zweimal gemacht. Ich kann mich aber nicht erinnern, dass wir irgendwann mal in der Abtei drin gewesen sind. Dieses Erlebnis blieb meinem Onkel Udo und seiner Frau Waltraud vorbehalten. Mein Vater lag vor einigen Jahren in Altenkirchen mit einem Oberschenkelhalsbruch und wir Kinder fuhren im Wechsel nach Hachenburg respektive Altenkirchen, damit er auch aus unserer Familie einen Ansprechpartner hatte. Damals nahmen mich meine Verwandten mit zur Abtei und ich schaute sie mir ausgiebig an. Dabei entdeckte ich auch die Stelle, an der wir der Abtei bei unseren früheren Besuchen am nächsten kamen. Das war die Straße, die unmittelbar im Süden an der Abtei vorbeiläuft. Manche Fenster standen offen und wir überlegten gerade, ob wir es wohl schaffen würden, in ein Fenster zu werfen. Dazu kam es aber nicht. Einer der Mönche hatte uns entdeckt und kam zu uns rüber. Sehr freundlich erkundigte er sich, was wir hier machten und woher wir kämen. Er unterhielt sich länger mit uns, ich weiß aber nicht mehr, worüber. Ich war felsenfest davon überzeugt, dass er gemerkt hatte, was wir vorhatten und wartete schüchtern hinter meinem großen Bruder auf eine Standpauke, die nicht kam. Ich glaube, dieses Gespräch brachte uns von unserem Vorhaben ab.

Ich könnte noch stundenlang von den besonderen Orten und Momenten in Hachenburg schwadronieren. Sei es die Kirmes, die damals noch auf dem Platz hinter dem Schützenhof stattfand. Jeder von uns war mit ‚Kirmesgeld' ausgestattet, das aber in regelmäßigen Abständen von unseren Onkeln und Tanten wieder aufgefüllt wurde.

Oder von der ganz persönlichen Kartoffelernte, die mein Cousin und ich gemeinsam auf den Feldern machten, wo jetzt die Straße ‚Hinter der Stollmigswiese' verläuft. Unsere Tanten und Onkel hatten darüber geredet, wie sie früher nach der Kartoffelernte auf die Felder sind und nach Kartoffeln suchten, die die Bauern nach der Ernte übrig gelassen hatten. Das wollten wir auch machen. Ausgerüstet mit zwei Eimern oder Säcken (hier lässt mich meine Erinnerung im Stich) machten wir uns auf den Weg. Immer wieder hatten wir gefragt, ob die Kartoffelernte wohl vorbei wäre und die Erwachsenen meinten, das würde früh am Morgen passieren, die Bauern wären bestimmt schon durch. Und was soll ich sagen, wir wunderten uns. Wegen der Erzählungen der Verwandtschaft hatten wir befürchtet, dass unser Vorhaben ein mühseliges Geschäft werden würde. Was wir dann erlebten, war das genaue Gegenteil: Wir fanden Unmengen an Kartoffeln! Hatten unsere Onkel und Tanten bei ihren Erzählungen übertrieben? Des Rätsels Lösung: Uns wurde klar, dass die Kartoffelernte noch nicht durch war, wir waren auf einem Feld, das noch auf den Bauern wartete. Wir nahmen die Beine in die Hände und verschwanden - an jeder Ecke horchend, ob nicht gerade jetzt der Trecker kam.

Der Zielpunkt meiner Besuche wechselte dann von der Siedlung in die Alte Postgasse, die jetzt wieder Judengasse heißt. Hier wohnte mein Onkel Udo mit seiner Familie. Und die beste Märchenerzählerin nach den Gebrüdern Grimm, die Schwester meiner Oma, unsere Godel. Ihre Fähigkeit, aus dem Stegreif eine stundenlange Geschichte zu erzählen, in der auch wir Kinder eine Rolle spielten, war unglaublich. So was habe ich   nicht wieder erlebt.

Der Wechsel von der Siedlung in die Postgasse war nicht schlimm. Auch hier gab es Dinge zu entdecken und Abenteuer zu bestehen. Manchmal auch sehr zu Lasten der Nerven des Gastgebers.

Langsam möchte ich zum Ende kommen, aber eine Sache will

ich doch noch berichten: Die Familie meiner Oma konnte recht laut sein. Gerade an den Abenden, wenn man in der Küche zum Abendessen saß oder später im Wohnzimmer beim Fernsehen. Es wurden gerne Erinnerungen oder „Kleinstadtpolitik" diskutiert. Wenn dann einer der Tanten oder Onkel anderer Meinung war, wurde dem Sprechenden auch gern mal ins Wort gefallen und um der eigenen Meinung auch Gehör zu verschaffen, galt es, lauter als der andere zu sein. Das konnte sich der Unterbrochene natürlich nicht gefallen lassen und so steigerte sich das Gespräch langsam aber sicher in eine laute Schreierei. Bei so vielen starken Charakteren oder auch Dickköpfen war das aber auch kein Wunder.

Als Kind hab ich meine Ferien in Hachenburg genossen. Ich wünschte, dass jedes Kind die Möglichkeit hätte, so etwas zu erleben. Sich beim Spielen schmutzig zu machen, mal mit verschorften Knien nach Hause zu kommen oder auch komplett nass vom Planschen im nahen Bach. Das haben mir Hachenburg und meine Großfamilie gegeben und deshalb hat Hachenburg einen ganz besonderen Platz in meinem Herzen.